¿LE TEMES A LA OSCURIDAD? II

¿LE TEMES A LA OSCURIDAD?

Tomo II

Obra Antológica

Primera edición: 2022
© Derechos de edición reservados
Escritores Noveles Editorial.
https://editorial.escritoresnoveles.com
info@escritoresnoveles.com

© Samuel Alexander Aldaz Bedón, © Lucía Tatiana Vermaas Quintana, © Martina Estevan del Carpio, © Elena Denisse Gallardo Gómez, © Rocela Danelly Faneite, © Mónika Yolotzin Velasco Gómez, © Diana Gisel Castro Iracheta, © Estefanía González Hernández, © Alejandra Monserrat Bonilla López, © Pedro Marcelo Díaz Ruiz

Diseño de edición: Escritores Noveles Editorial.
Maquetación: Karina Colmenares
Diseño de portada: Marcela Ferrer
Supervisión de corrección: Álvaro Mendoza

ISBN Impreso: 978-628-95168-2-1
ISBN Digital: 978-628-95168-5-2

IMPRESO EN COLOMBIA – SUR AMÉRICA

PRÓLOGO

Los rincones más oscuros de la conciencia están plagados de destellos de pánico y angustias inimaginables. Son los creadores de pesadillas y pensamientos siniestros que perturban las mentes, vidas y a la sociedad misma.

Detrás de cada miedo, de cada sombra, hay una razón por la que debes huir, correr. Nunca creas que lo que piensas está en tu mente, porque quizá solo estás viviendo una realidad tan perturbadora que piensas que es una ilusión, pero no. En realidad, es tu peor pesadilla.

Este es un proyecto editorial antológico de una serie de manuscritos de varios autores de diversos países, auspiciados por la organización Escritores Noveles.

Lo presentamos, en nombre de todos ellos, a su consideración.

Convocatoria hecha del 1 al 30 de junio 2021.

ÍNDICE

¡YA NO MÁS FANTASMAS!

Por: Samuel Aldaz

Al llegar a casa, Henry deja su maleta luego de un día cansado de trabajo y, rápidamente, sin cenar, se dirige a su habitación. Ya en su cuarto se desviste, se acuesta en la cama rechinante y espera a que el sueño se apodere de él. Siente la soledad de su vida como un peso, como un ser que se encuentra junto a él, tendido en la cama, mirándolo con desprecio. Mientras observa el techo, sus ojos poco a poco empiezan a cerrarse. Pero entonces sucede lo que él esperaba; lo de siempre, algo a lo que ya está acostumbrado. Empieza a oír esos ruidos extraños que todas las noches lo molestan, provenientes de su sótano. No expresa sorpresa, tan solo oye esos sonidos respirando lenta y apaciblemente. Piensa que es su imaginación pues son sonidos leves, pero constantes; parecen fierros chocando y golpes entre los extraños objetos que en el sótano se encuentran.

Nunca supo exactamente qué era, ni se atrevía a averiguarlo; el sótano era uno de los lugares del que más rehuía. Jamás había bajado desde que se mudó allí, y no tenía necesidad pues sus pertenencias eran las necesarias y no requería de más sitios dónde guardarlas; además, la afable anciana que le vendió la vivienda le había dicho que ese sótano se encontraba dominado por la maldad del tiempo: moho y polvo. Pero esos ruidos comenzaron desde el día en que dejó de soñar, y esta noche no fue la excepción.

Suspira para que su imaginación deje de jugar con su mente, pero el ruido continúa con mayor ímpetu; un choque de varillas en su interior, y pasos, pasos como los de un animal que se mueve por todos lados; eso le hizo recordar el cuento de Dickens: *Los Fantasmas de Scrooge*, un maravilloso relato sobre espíritus y reflexiones. Cavila si tal vez se trata de algo parecido; quizá ha perdido el espíritu, pero no de la navidad, sino de la vida y por eso aquel endemoniado ente viene cada noche a fastidiarlo. Si es así, ¿por qué no sube? «Quizá porque se perdió entre todo el polvo y moho de ese lugar», piensa Henry. Pero el sonido sigue, y en su mente la imagen de las cadenas de la vida sosteniendo el peso de los pecados del hombre aparece fulminante. Por un instante odió a Dickens y su jodido cuento de fantasmas. «Aquí no hay fantasmas… no los hay» murmura en la oscuridad de su cuarto.

Pasa en alerta casi una hora; luego, de una manera enfermiza, acurrucado por el sonido del sótano, se queda dormido sin poder soñar nada de nuevo.

Al día siguiente, Henry despierta sin mucho ánimo a las 7.30 a.m., listo para empezar su día, de la misma forma que todos.

Henry es un hombre adulto de treinta y siete años, aunque, como él suele pensar: «la vida lo ha tratado de tal forma que su aspecto parece de alguien de cuarenta y seis» y, alegando el hecho de que se está quedando calvo… La vida es injusta, y él lo sabe muy bien.

Se dirige primero al baño; tiene la idea de tomar una ducha, pero el calefón sigue dañado, así que solo alza la tapa del inodoro y orina. La próstata aún no lo ha alcanzado y piensa que eso es lo único bueno que le ha pasado hasta ahora. Sonríe, aunque lo considera un gesto cínico. Mientras sigue expulsando el líquido, gira la cabeza a la derecha y observa el espejo cóncavo; está sucio, normalmente los hombres solitarios olvidan limpiar cuando es necesario. Trata de recordar dónde lo ha conseguido. Piensa en su madre, pero ella nunca tuvo un espejo así. Luego vino su esposa, aunque ella tan solo había comprado un espejo gigante que ocupaba casi toda una pared. Entonces, decide dejarlo; seguramente había venido junto con la casa, al igual que ese maldito sótano.

Ve su rostro en ese espejo; es casi imperceptible, mas puede distinguir los rasgos de la decadencia. Cualquier persona se habría sorprendido y seguramente preocupado; sin embargo, a él no le parece relevante. Su vida se ha terminado, las emociones han desaparecido con la única mujer que amó. Sus amigos se retiraron cuando él comenzó a aislarse. Lo único que le queda ahora es el trabajo, una pequeña oficinita en el gigante edificio *Empires*, encargado de la contabilidad de una empresa líder en la fabricación de retretes. Observa que los pequeños vellos de su barbilla empiezan a crecer en desorden, pero no puede hacer nada; no ha comprado una rasuradora, así que lo olvida; tampoco le importa. Toca su mandíbula e inclina un poco la cabeza para poder observarse mejor. Sus orejas están muy salidas, su nariz griega comienza a verse antiestética en esa cara. Luego observa su cuerpo. Un organismo menudo y casi delgado, sin ningún carácter de músculo. Otra señal clara de su decadente vida.

Cuando termina de evacuar tira de la cadena, se dirige hacia el espejo, lo descuelga y luego, lo esconde bajo su cama.

Se cambia de ropa: un traje con arrugas y algo descolorido, es el que siempre usa junto con otro más viejo. Toma su maleta llena de todos los informes comerciales y alguno que otro esfero. Se encamina a la puerta de la calle, pero cuando pasa por el pasillo cerca de la entrada de la sala y la puerta del sótano, se detiene. En las mañanas nunca hay ruido, siempre es en las noches, aun así se detiene a escuchar. Solo oye el tic tac del reloj de péndulo arrimado cerca de la ventana de la sala. Aprieta el mango de la maleta con fuerza y se acerca a la entrada del sótano. La puerta es de madera envejecida, con rastros de su antiguo color granate, el pomo también estaba descolorido debido al uso constante. Piensa que quizá la antigua propietaria solía poner sus cosas ahí abajo. Se cohíbe. Su corazón comienza a latir más rápido, pero Henry no lo nota, sigue atento a la puerta. Exhala para encontrar valor y, enseguida, deja la maleta a un lado. Sube la mano trémula y quita el único seguro que tiene la puerta. Se aterroriza más porque, ¿qué sótano tiene seguro desde afuera? Eso solo es útil cuando deseas encerrar algo que puede… hacerte daño.

De pronto, Henry sacude la cabeza, sus pensamientos lo están poniendo más nervioso. Recuerda que es un hombre adulto y que seguramente ya ha visto cosas más pavorosas de las que realmente debe temer, ya que, como una vez oyó decir a alguien: «la realidad supera la ficción». Cuando la puerta por fin está desprotegida, Henry la abre de un tirón; su convicción le devuelve la valentía y le regresa ese ego tan extraño que tienen los adultos sobre el enfrentamiento a lo desconocido. Un olor muy potente huye por todo el lugar y Henry tiene que alejarse unos instantes. Luego, ocurre algo que ni él mismo cree; surge un pensamiento extraño para la actitud que actualmente posee, piensa: «Demonios, debo limpiar este lugar enseguida». Está seguro de que no solo hay moho allí, sino algo muerto o heces de animales.

«Ratones, no puede ser más», se dice. Cuando se recupera de aquel golpe fétido, vuelve a mirar. En la entrada se encuentra una escalera de madera que parece estar a punto de desaparecer por la humedad y el desuso. Pero lo que más le llama la atención, es el final de todo. Allí no se ve nada. Es una oscuridad penetrante e intimidante; una lobreguez pura. Presiente una especie de golpe en su alma, como un halo que traspasa su cuerpo, solo que este es de una naturaleza maligna. Ya el olor no le importa, su mente está absolutamente enfocada en el interior. Gira la cabeza un poco, tratando de buscar el interruptor de luz en el lado izquierdo del umbral. No halla nada. Comprende entonces que el interruptor se encuentra más adelante. Traga saliva, algo que siente muy infantil. Estira sus manos a los extremos y pisa la primera escalinata. La madera chirrea de forma tan aguda y amenazante, como una advertencia al hombre de que se va a adentrar a un terror oculto. Henry siente el frío en su cuerpo y se detiene. El silencio es imperioso y él agradece eso. Mira el segundo escalón y lo pisa primero con el pie derecho, el lamento vuelve a oírse más fuerte, acompañado esta vez con el crujir de la madera rota. Henry vuelve a detenerse; el mismo sistema de antes: escuchar y seguir. Solo que esta vez, no hay silencio. En las fauces del lugar se escuchan las cadenas y los lamentos. Concibe un peso en su cuerpo y un entumecimiento en sus piernas. Se escucha como el ruido se acerca, un golpeteo fuerte en el piso, como si un gigante anduviera allí… como si un espíritu le dijera que tenía poco tiempo. Los lamentos vuelven. Es como oír llorar a alguien.

Su mente se paraliza pues aquellos lamentos sordos le recuerdan a su madre, similares a los últimos gemidos de dolor que ella dio antes de que el cáncer de pulmón la acabara. Henry, el hombre que ya no sentía más, vuelve a obtener la única emoción que nadie en el mundo desea… miedo. Sus piernas comienzan a responderle y sin pensarlo dos veces, vuelve a subir, luego cierra la puerta con el seguro esperanzado en que ningún ser maligno salga de ahí. Si pudieras ver su rostro, notarías el pánico en sus ojos y el color blanco de su piel. ¡Pero él es un adulto! Se esfuerza en respirar tranquilo. Cuando lo logra, coge su maleta y sale de su hogar, sin antes dejar una nota mental de nunca más bajar… y de buscar otro lugar que sea amable con su dinero para vivir.

El trabajo de Henry no era nada que él no pudiera manejar. En el pasado, había sido uno de los empleados más destacados de la empresa, logrando establecer un nuevo sistema llamado IPM (Implementar, Planificar y Mejorar), el cual ayudó a gestionar de mejor manera los activos del lugar. En aquella época dorada, muchos consideraron que aquel hombre llegaría lejos, incluso el propio jefe de coordinación había charlado con él y le había dejado claro que pronto ascendería y sería parte de los altos mandos. Pero ya hacía mucho tiempo de eso, la vida decidió destruirlo, dejarlo sin motivos, y su eficiencia decayó; ahora se ha convertido en uno más de aquellos empleados comunes y corrientes, sin propósitos de alto valor.

Cuando Henry llega a la oficina, el ruido de todas las mañanas está latente; ese con el que cada empleado se deja notar, saludando, hablando sobre cómo ha amanecido o chismorreando la vida de lo ajeno; pero el sonido más destacado es el de Jorbert y sus chistes tan amargos. Las carcajadas de sus colegas medran y ayudan a algunos a comenzar la mañana con energías y estímulo, pero a Henry eso no le sirve, esa monserga tan solo lo entorpece.

Jorbert era el galán de turno, aquel simpático hombre que puede encantar tanto a mujeres como a hombres. Henry había tenido la oportunidad de charlar con él hacía mucho, cuando aún era un joven inexperto en la empresa. Lo recordaba más apagado y cauteloso, pero así eran todos; cuando ganan confianza, su verdadera identidad se muestra sin miedo a encajar los dientes.

Henry entra en su cubículo y se sienta, nadie parece percibir su presencia, hasta que oye un saludo agudo y afable. Cuando gira la cabeza hacia la derecha, se encuentra con unos ojos color miel, tan potentes y sinceros. Se trata de la señora Gibson. Henry trata de mostrar una leve sonrisa y deja salir un saludo similar al de ella. Alza su mano y la mueve con un temblor visible. Ella devuelve la sonrisa, casi tan encantadora como el mangar que lleva el nombre del color de sus ojos.

—¿Qué tal estás, Henry? ¿Cómo has amanecido?

—Bien. Un poco fastidiado, sentía que no quería levantarme. Y tú, Anna, ¿cómo estás? —Su voz tiene un timbre seco, pero puede acabar de decir todo lo que quería.

Anna cambia su postura inclinándose un poco hacía él, lo que hace que su cabello suelto caiga por su hombro derecho.

—¿Has tenido una pesadilla? Te noto cansado.

—No, no realmente, solo una noche pesada. Tal vez dormí mal. —Trata de mostrar una suave sonrisa, pero inmediatamente vuelve a su expresión seria y continúa—. Aunque sí, estoy algo cansado.

—¡Oh, es de suponer, colega! Con esa miradita que tienes. Pero tranquilo… ven, acércate. Esto te ayudará.

Henry obedece y trata de inclinarse lo más que puede a ella. Los dos cubículos están separados por un metro, lo que hace un poco complicada la tarea de acercarse. No quiere levantarse, se siente bien en su lugar, pero algo lo impulsa a verla mejor. Cuando sus cabezas —y casi sus hombros— están fuera del cubículo, Anna mira a los extremos esperando que no haya nadie. Henry hace lo mismo por reacción. En el momento que la mujer entiende que todos están ocupados en sus asuntos saca de su escritorio una botella de Red Label y la extiende hacía él. Henry se altera un poco y vuelve a mirar a sus laterales, con sus ojos abiertos como platos esperando ver a algún empleado observando aquel trato tan ilícito en un lugar como ese. Toma la botella con tan solo la mitad de su contenido y la posa en su escritorio tapándola con la pantalla del computador. Henry se vuelve hacía Anna con un rostro que expresa asombro y duda, esperando que quizá ella le explique qué sucede. Anna tan solo le guiña un ojo y vuelve a su sitio.

Henry contempla la botella unos instantes; hay tan solo quinientos mililitros de los setecientos cincuenta originales. Una fugaz imagen de la señora Gibson bebiendo, mientras con la otra mano realiza sus labores pasa por su mente, pero él menea la cabeza para desvanecerla. Cree que hasta los mejores necesitan un respiro de vez en cuando. Vuelve a mirar al cubículo derecho, pero solo nota las manos arregladas de Anna tecleando con precisión. Las risas continúan, pero las voces se van apagando. La parsimonia llega, los trabajadores se posicionan en sus sitios. Así es, hasta que solo queda Jorbert y su grupo predilecto, riendo a carcajadas y conversando aún en alguna parte delantera de todo.

Henry piensa en Anna Gibson. En que nunca la había notado.

La conocía desde hacía siete años. Al principio trabajaba como secretaria del director de finanzas, pero la mujer era imponente y quería tener su propia oficina. Fue por esa determinación que logró incorporarse al grupo de contadores, un grupo selecto en la compañía, pero también atestada de hombres. Las pocas mujeres que se incorporaron en el grupo eran persistes e inclementes, por eso Anna Gibson fue reconocida por todos. Realizaba sus tareas con determinación y nunca dejaba que nadie le tomara el pelo. Se supo por ahí que iba a casarse, pero que el novio había huido con su prima; posteriormente llegó a la ciudad de Quirpus y a esta empresa.

Ella era todo lo contrario a Henry, pese a que sus destinos fueron casi similares. Tenía la misma edad, pero en su caso, la vida le había proporcionado ventajas, o quizá ella se las había ganado. Su pelo aún se conservaba largo y sedoso, como en su adolescencia, de color marrón, con mechones en forma de tirabuzones que le daban un aspecto magnífico. En su rostro no presentaba casi ninguna arruga; en ocasiones la habían confundido con una señorita de veintiséis años, algo que siempre le alagaba. Su figura tampoco se quedaba atrás: su cintura aún contenía las sinuosidades que atrapaban las miradas de los hombres, y sus pechos eran de un tamaño moderado y aún se conservaban firmes. Una mujer, en fin, que había recibido los golpes de la vida, pero seguía luchando.

Henry entra en su correo electrónico listo para enterarse de sus tareas. Cuando la página carga, aquella campanilla atronadora que avisa la llegada de correos comienza a sonar sin parar. Un tintineo tras otro. Mientras los correos van apareciendo, Henry los lee sin asombro: documentos que debía revisar, actas que confirmar, archivos que debían corregirse, reuniones, etc. Las risas de sus compañeros se apagan, incluso las del jovial Jorbert. El sonido impetuoso de sus notificaciones ahora es conocido por todos. Henry toma la botella, mira el logo de Red Label y aquel hombrecillo elegante que simulaba caminar, la destapa y toma un gran sorbo. Siente como este líquido perverso entra en su interior con apremio, pero al mismo tiempo con furia.

Cuando se siente satisfecho deja la botella en su escondite. Suspira, posa sus manos en la computadora y con su cuerpo fresco, dice:

—Muy bien. Hora de trabajar.

Henry no bebía, ni siquiera con todo lo que le había sucedido sentía que el licor iba a ayudarle a aplacar su dolor. Sin embargo, lo que bebió, lo relajó mucho.

La hora de almorzar llega, Henry sale al patio principal: una pequeña área con algunos arriates llenos de muchas flores color turquesa, destinada al descanso de los empleados. Camina unos instantes por aquella área, oyendo las conversaciones de todos, medita si sentarse en uno de los bancos, pero ya ha estado sentado todo el día y hacer eso sería volver al dolor, así que continúa caminando, cavilando en su hogar y en los sonidos que su sótano guarda.

«Los fantasmas», piensa. En ese momento ve a Anna sentada en una de las bancas, fumando. Henry se acerca y se sienta a su lado. No era lo que deseaba, pero quería agradecerle la «ayuda» de la mañana.

Nota que lleva un libro en la mano desocupada: *La guerra de los mundos,* de H.G. Wells; una de las obras que muestra sin miedo las consecuencias de encontrar vida fuera de nuestro planeta. Henry no ha leído el libro, pero conoce la película y, pese a las críticas, le parece estupenda. Recuerda haberla visto con su exesposa una tarde en la que el sol se había escondido antes de lo habitual.

—Gracias por el trago —dice Henry.

Anna se sobresalta un poco. Está tan metida en sus pensamientos que no ha notado a Henry. Deja el cigarrillo a un lado preocupada por el hábito y porque no deseaba dar una mala imagen. Posa el libro en su regazo y figura una sonrisa en su rostro.

—¡Oh! Henry, qué buen susto me has dado. Estaba pensando en lo que leía y no te noté. —Cierra los ojos y arruga un poco la nariz; una inocente manera de decir "qué se le va a hacer"—. Te ayudó, ¿verdad? Es una de mis tácticas… no pienses que siempre lo hago, solo aquellos días que son realmente pesados. Tenía la botella guardada desde hace un buen tiempo, pero vaya, tú sí que te la acabaste.

Henry siente un poco de vergüenza. No es un bebedor, pero esas palabras lo juzgaban como uno, y uno muy bueno.

Consigue calma y responde en medio de la pequeña risa que dio Anna.

—¡Oh… no! Es solo que necesitaba un trago esta vez. No pienses que soy alguna especie de alcohólico. No, nada de eso. Solo… es solo que, creo que a veces yo también necesito un trago de vez en cuando. —¿Lo dice enserio? ¿Realmente lo necesita? Cuando probó el contenido del Label su cuerpo respondió con un estímulo agradable: una electricidad encantadora que aflojó sus músculos y lo hizo ordenar sus ideas—. Pero no lo necesitaba —o eso creía—, solo que, la gente necesita un respiro de vez en cuando.

Anna ríe un poco más fuerte. Henry percibe el olor a cigarrillo de su boca, ese penetrante hedor a nicotina. Pero siente esa risa como una señal de agrado y confianza, lo hace sentir bien. Realmente lo hace sentir bien.

—No te preocupes, lo entiendo. Y no te estoy recriminando.

Le da una mirada cálida y continúa;

—Hmm… a veces yo también lo siento, ¿sabes? Ese cansancio de la vida. El querer hacer algo más que esto. Pero ya nos hemos acostumbrado tanto a este hecho que… lo vivimos con mucha naturalidad, aunque si te das cuenta, no debería ser así. La vida no solo es esto. Sé que es necesario, pero ¿no crees que el costo es muy alto? Es decir, la vida, el tiempo de una persona para el progreso de un sistema más grande; Incluso la monotonía ya ha marcado nuestro diario vivir. Y a veces me pregunto: ¿para qué sirve el dinero?

—¡Oh! Yo lo hago por mis padres. Sé que te sonará raro esto, pero aún vivo con ellos. Mi padre ya hace tiempo que no puede hacer nada más que olvidar su vida, y mi madre, bueno, ella solo se dedica a cuidarlo, así que… soy yo la que debe llevar algo al hogar ¿no? —Vuelve a sonreír y alza la mirada al cielo, que en ese instante estaba tornándose gris. La lluvia se avecina.

—Tú, ¿por qué lo haces, Henry? —pregunta con simpatía Anna.

Henry no había hablado con nadie acerca de eso, ya hacía mucho que todos a quienes le importaba se habían ido al demonio.

¿Por qué lo hacía? Nunca tuvo hijos, así que no llegó a sentir la necesidad de hacerlo por ellos. ¿Quizá su esposa? Era una mujer bella a la que le solía prometer la vida eterna, pero… ella también podía hacerlo sola, así que nunca sintió que lo que él hacía era por ella. En realidad, nunca lo había sentido. Ese pensamiento le provoca una sensación de vació en el estómago. Mientras, Anna lo espera con tranquilidad.

—La verdad es que no lo sé. Creía que lo hacía por las personas a mi alrededor, pero cuando ya no estuvieron… ya no supe cómo responder a eso. —Su voz aún contiene ese timbre rasposo y tímido; consecuencia de su desuso en público—. Para serle sincero, señora Gibson, ni siquiera sé si estoy haciendo lo que realmente me gusta. Hace tiempo que dejé de sentir esa sensación de emoción al hacer las cosas. Ya nada… bueno, siento que ya nada causa alguna sensación de plenitud y bienestar en mí.

Anna lo observa unos instantes, reflexiona las palabras de Henry. Mira sus manos pálidas. Luego, vuelve a enfocarse en sus ojos negros. Es verdad lo que dice. En su mirada ya no se nota algún propósito.

—Bueno, entonces, puede que no estés haciendo lo que realmente quieres. Quizá solo necesites descubrirlo.

—Pero ¿cómo? —contesta Henry.

—Muy sencillo, debes hacer más cosas. Lee, escribe, sal, disfruta de la vida, Henry. Busca qué es lo que realmente deseas.

La hora de descanso termina y los trabajadores poco a poco vuelven a sus puestos. Henry piensa en las palabras de Anna como flechas sinceras que atinan en un blanco olvidado; sin embargo, lo hacen sentir bien. Anna no se mueve, sigue viendo a Henry por instantes y a sus compañeros que pasan con prisa. De repente, se oye la voz animosa y alta de Jorbert. Henry sube la mirada y ve que se encuentra cerca de ellos. Anna lo mira y le ofrece una sonrisa cordial. Henry siente algo extraño con ese simple gesto que ella le brinda.

—¿Cómo están, compañeros? Venía a informarles que hoy, al terminar el trabajo, vamos a ir a Western's, un lugar para comer, beber y pasársela bien. —Jorbert termina la frase guiñándole el ojo a Anna. Ésta solo sonríe—. Es algo que solemos hacer una vez cada mes. Y hoy es el día, amigos. Todos están invitados, solo hay que pagar una pequeña cuota por persona, para las bebidas y eso, nada costoso. Entonces, ¿van a ir?

A lo lejos se oye el grito de un empleado: "Rápido garañón, recuerda que nos debes una cerveza".

—¡Claro, claro! ¡Ya voy, borrachos! —dice Jorbert, soltando una fuerte risa al final y apuntando al hombre que lo llamó desde la entrada.

Henry lo ve insoportable, pero nota que Anna continúa tranquila.

—Bien. Suena entretenido, ¿no, Henry? La verdad es que necesito distraerme un poco. ¡Yo me apunto! —profiere Anna, mientras saca su cartera—. Aquí tienes.

—Muy bien… Anna Gibson ¿verdad? Pues nos vemos en la tarde, bella. Y tú ¿qué opinas, Henry? ¿vendrás?

—Sí. ¿Vendrás, Henry? —repite Anna con énfasis, al tiempo que le sonríe.

Henry vuelve a ver ese brillo en su mirada. Un brillo que le agrada y lo hipnotiza. Un brillo que solo lo había notado con él, que nadie más se lo había ganado —o al menos eso pensaba—.

Henry vacila, pero al final dice:

—Está bien, anótame Jorbert. También iré.

—Estupendo señor Henry. Será divertido, ya lo verá. Esta es la primera vez que decide venir.

Henry entrega el dinero correspondiente. Luego, Jorbert se va y ambos vuelven a quedar solos. Henry no sabe que decir, pero no es necesario. Anna habla primero.

—Me alegra que vayas. Creo que sí lo necesitas; además, ¿quién sabe?, puede que conozcas a alguien especial allí.

Anna se levanta y, antes de volver a su puesto, pone su mano en la frente y le da un saludo de general. Algo cómico que Henry adora.

—Nos veremos luego entonces, Henry.

Henry la ve irse.

Algo en ella lo atraía, algo que antes no había notado. ¿Era un problema suyo o acaso de ella? No lo sabía, pero ella acaba de despertar una nueva emoción en él, que creía, había muerto.

Luego de pensar por un buen tiempo, Henry se levanta, se estira y decide volver al trabajo. Reconoce que debió haber ido con una ropa más presentable; aunque es realmente una sorpresa el tener que ir. Lo bueno, es que iría Anna también. Eso lo pone feliz, algo extraño en él.

La última ronda de trabajo no pasa deprisa. Desea que llegue la hora de salir. Cuando la jornada termina, Anna se acerca. Eso lo conmueve, siente que ella lo espera para ir juntos.

Western's era un lugar magnífico: sus paredes acristaladas, daban una perspectiva llamativa del anochecer. El interior era rústico, con varios cuadros de artistas famosos. Las luces parecían solo una decoración, pues la iluminación escaseaba; un detalle que dejaba a todos sorprendidos. La música era la que gobernaba todo el lugar… En sí, un lugar para bailar, beber y divertirse, justo como había dicho Jorbert. Ahora, Henry lo piensa también, viendo todas esas cosas. Hace mucho que no salía, así que esos factores dejaron de ser una quincalla.

A cada uno le sirven una cerveza y un plato de picadas.

Henry se sienta en la barra del bar, en un lugar donde puede ver cada parte del lugar. Anna se sienta junto a él sosteniendo un vaso de cerveza como si de una bebida de soda se tratase. Comparten su comida y empiezan a comer, esta les parece muy buena. El ambiente cada vez más, con el alcohol encima, los atrapa. Ven a varios jóvenes conversar en mesas alejadas. Las risas y los gritos explotan en el sitio. Eso los hace sentir bien.

Henry se siente capaz de ver sus vidas y de analizarlos. Se mira así mismo como un dios luego de haber tomado el elixir del licor, sentado en la silla dorada, mirando a sus hijos, examinando sus pecados, sus lujurias, esperando la oportunidad para… hundirlos.

—¡Henry! —dice Anna. Llamando su atención.

—¡Eh! Lo siento, estaba pensando.

—Sí, eso ya lo noté. ¿Qué pensabas?

—Que creo que fue una buena idea venir. —Sonríe con hipocresía.

—Me alegra oír eso —dice Anna, tomando un sorbo y poniendo la mano sobre la de Henry.

Él se sorprende y la mira algo asustado, ella sigue observando a la gente hablar y reír, manteniendo esa sonrisa agradable.

De pronto, se oye la voz de un reportero en la televisión colgada a un lado del estante de licores. Henry y Anna prestan atención. En los titulares aparece: «Se sigue la búsqueda de las tres mujeres desaparecidas». Anna pide al mesero que alce un poco el volumen y el noticiero se hace claro. Henry oye con asombro lo sucedido.

Se informa sobre la continua búsqueda de tres mujeres desaparecidas, cada una en tiempos diferentes. Los casos tienen algo en común, y es que desaparecieron por la noche y no volvieron a encontrarlas. Las familias piden justicia, pero ni los más competentes agentes policiales han logrado hallar alguna pista de las desapariciones, a más de siempre encontrar una botella de Label en las escenas, no descubren alguna huella dactilar.

Henry se admira y siente un temor en su interior; no había tenido noticias de un asesino en los últimos meses ¿o años?, hasta ahora, aunque quizá se debe a que ya no utiliza mucho la televisión.

Anna aprieta un poco su mano y Henry lo siente; un gesto de protección y confianza hacía él.

Cuando el noticiero acaba, Anna lo mira y suspira.

—Vaya… ahora hasta en tu propia casa debes tener cuidado. ¡En qué se está convirtiendo esta ciudad! —Muestra una sonrisa y luego continúa bebiendo.

Henry no responde, tan solo la mira beber, pero entonces reconoce que lo que contiene ahora en su vaso es whisky. Un frio recorre su espalda, pero no saca conclusiones. Se calma. Las palabras del reportero llegan a su cabeza, pero las ignora y las suplanta con otro recuerdo más penetrante. A su mente llega el día en que él y su exmujer, Margaret, tuvieron aquella pelea por tener un hijo: él no estaba preparado y ella lo deseaba con ansias. Después de eso nunca volvió a saber nada de ella.

Anna lo despierta dándole un pellizco en la mano.

—¿Estás bien?

—Sí, es solo que…. Me sorprende que haya alguien por ahí suelto acechando en las noches.

—Lo sé, da un repelús, ¿verdad?

Henry nota que Anna está muy calmada a pesar de haber oído aquella noticia. Una risa que soltó lo hizo volver de esos pensamientos absurdos. Pero ¿era posible?

Nadie lleva nunca licor al trabajo, además de que antes no le había hablado con esa naturalidad con la que charlaron en la tarde.

Henry vuelve a beber. «Todo está en mi cabeza, todo es mi imaginación», se dice. Ahora, disfruta.

La noche fue larga, Anna y Henry hablaron sobre sus planes y la vida. Anna tomó más de la cuenta; ahora su sonrisa es más grande y sus mejillas se tornan rojizas.

Cuando todos comienzan a irse, Anna pide a Henry que la acompañe. Él lo duda un momento. Ya es tarde y desea irse a casa, pero también quiere que ella llegue bien, así que lo acepta.

Mientras caminan, Anna canturrea *People are Strange,* de The Doors. Henry la reconoce y sonríe, uniéndose al canto. Cuando llegan a su casa ella tantea en su bolso las llaves, una tarea que se convierte en odisea en el estado que está. Henry decide esperarla a que entre, con paciencia y frío. Esa noche hace mucho viento debido a la lluvia pasada. Cuando por fin logra abrir la puerta, se despiden.

—Hasta mañana, colega. Nos vemos a la misma hora. Me gustó la charla que tuvimos hoy. ¡Oh! Y ten cuidado, no quisiera tener más trabajo para mañana. — Anna ríe con exageración y encoge un poco su cuerpo para toparse el estómago— . ¡Que es broma, Henry! Descansa. *Adiu.* —Y le lanza un besó.

Cuando la puerta se cierra, Henry la mira por dos minutos, luego comienza a caminar de vuelta a su hogar. Aquel chiste lo ha puesto sensible a todo, acelera su paso mirando a cada instante hacía atrás, quizá esperando a que ella no salga de su casa con un cuchillo o una bolsa, y se dirigiera hacía él.

Son las 00.00 cuando Henry llega a su hogar. El silencio de su morada no lo incomoda ya. Encuentra acogedor el sonido del reloj de péndulo de su sala.

Se siente cansado, así que se dirige a su cuarto, se quita la ropa y se acuesta sin tardanza. La oscuridad es absoluta ante sus ojos. El silencio es dominante. Las sábanas, que en un principio estaban frías, comienzan a calentarse y eso su cuerpo lo agradece. Entonces, ¡el maldito sonido! Las cadenas endemoniadas empiezan su número. Henry las oye, pero como todas las noches, las ignora. Eran débiles e incluso parecen tener un ruido armónico; quizá tan solo era el sueño. Cierra los ojos y murmura para sí:

—Querido fantasma, hoy conocí a una mujer, y eso si me aterrorizó, porque ahora siento algo que no quería volver a sentir. No sé si debo hacerlo.

Cuando termina la última palabra su mente se apaga y descansa sin soñar nada. Mientras, los sonidos prosiguen constantes, hasta que algo los calla.

Al día siguiente, Henry se prepara con mejor detalle. Está listo para ir al trabajo y ver a aquella mujer que desde ayer lo ha cambiado todo y que lo ha asustado también.

Emprende a salir con una sonrisa boba en su rostro, cuando oye los sonidos. Pero Henry siente pánico, no son como las anteriores veces. No. Son más fuertes y alocados. ¿Acaso aquellos fantasmas han oído sus palabras de anoche? Parece como si todo allá abajo se destruyera. Henry vuelve a sentir ese frío en la espalda, y piensa: «¿Qué demonios está escondido allí? Nunca suele sonar en la mañana». Coge su maleta, abre la puerta que da a la calle y sale lo más rápido que puede. No quiere averiguar qué es lo que provoca todo eso.

Cuando llega al trabajo, lo primero que busca es la presencia de Anna, pero no hay nadie en su cubículo. Henry se sienta y prende la laptop mirando de vez en cuando hacía los lados, esperando verla venir. Las horas pasan y ella no llega. Henry no puede concentrarse en sus labores, su mente mantiene la bella sonrisa de Anna.

El almuerzo llega y ella aún no aparece. Se sienta en el mismo lugar donde la había encontrado fumando y leyendo. Rumia en la película de *La guerra de los mundos* y desea poder leer el libro, decide que lo comprará el fin de semana. Su mente comienza a desarrollar explicación de lo sucedido. Tal vez, solo se quedó dormida, al fin y al cabo, ayer había tomado mucho. Sonríe. Sí, quizá solo esté en su casa descansando. Henry suspira y ansía que el trabajo termine. Irá a visitarla y se asegurará que esté bien.

Recuerda con claridad el camino, así que llega antes de las 19.00. Toca la puerta con timidez, pero cuando nota que nadie le contesta, intenta un poco más duro; nadie sale. Espera así unos treinta minutos, preocupado y con ganas de ir al baño. Pero no hay ninguna presencia en el lugar. Al final, decide irse mirando consecutivamente hacía atrás, esperando ver su rostro o, al menos, su mano.

Ya en casa, los pensamientos corren, pero no son pensamientos paliativos, son de esas ideas que la parte malévola del cerebro crea. ¿Estará bien? ¿Le habrá pasado algo? ¿Debería llamar a la policía? Cuando esta última idea aparece, Henry se dirige con rapidez hacia el teléfono convencional, pero se detiene al momento de alzar el altavoz. «No, no. No te apresures. Tal vez solo está durmiendo», piensa. Pero entonces, otro pensamiento lo domina: «¿Y si no? ¿Y si fue secuestrada?». El frío se expande a sus brazos y pies. Su mente está dando vueltas. Entonces, los retumbos comienzan su melodía de nuevo. Esa fuerza que parecía destruir todo allá abajo. Siempre pasaba, siempre pasaba. Su mente solo pensaba en ella. «¿Qué sucedía?

¿Por qué el sonido es más fuerte? ¿Por qué ella desapareció? ¿Acaso huyó? Sí, solo lo hizo volver a sentir por diversión».

Todo eso piensa Henry, mientras el sonido sigue amartillando la casa. El sonido es enloquecedor, sale por todos lados y se expande a todos los lugares. De pronto, no lo aguanta más. Deja salir su energía con un grito atronador:

—¡Cállate!

Todo vuelve al silencio. El reloj mantiene su tic tac desesperante. Henry sube la cabeza y se dirige a la cocina. Allí abre el estante superior y saca algo que ha guardado desde que su mujer se fue. Una botella de licor con su elegante Johnnie Walker, eso le parece irónico, vuelve al pasado. Piensa en Anna y lo que dijo aquella vez: "A veces necesitamos un respiro".

—Sí —murmura Henry—. A veces necesitamos un pequeño respiro.

Abre la botella y sin esperar un vaso, la toma con desesperación. Cuando bebe lo necesario, Henry la deja y agacha la cabeza respirando con lentitud.

Los sonidos vuelven otra vez.

La fuerza con que aparecen hace reaccionar a Henry, quien se encuentra frustrado al no saber nada de Anna, y los sonidos poseídos del sótano.

Las imágenes de su esposa surgen: cuando pasearon por el Occidente, cuando fueron a aquel restaurante elegante y cuando pelearon por una vida que aún no existía. Pero hay algo más, otras escenas: su rostro, cansado y asustado.

Henry, con las ideas embrutecidas, y con furia, se dirige hacia la puerta del sótano. «Muy bien. Aquí acaba todo esto. ¡No más fantasmas!», pero sus tendencias ya no son coherentes. Abre la puerta del sótano con impulso. El ruido se potencia y la sensación de cadenas aumenta. Henry grita: "¡Basta ya!". Las cadenas siguen y los golpes crecen. Henry está mareado, pero eso no lo detiene al bajar. Las gradas chillan con cada paso y, entonces, se adentra en la oscuridad sin ningún temor.

Busca el interruptor, pero en la pared no se halla nada. Emprende a caminar hacia la derecha, directo a los sonidos. Puede captar el olor añejo del lugar, al igual que la fetidez que lo sorprendió la primera vez. Camina, y el sonido aumenta cada vez más. Ahora entiende, no solo son cadenas; hay murmullos. Los fantasmas se quejan, quieren aterrorizarlo, pero él no lo va a permitir. Así que continúa con valentía. Sus pasos comienzan a hacer ruido, algo líquido está esparcido por el lugar. Henry se detiene y trata de captarlo. Y de repente, un pequeño rayo de luz aparece. A su derecha, un foco colgado por su cable ilumina una mesa en donde ahora se aprecia una televisión apagada, unas fotografías y una videocasetera con un VHS en su entrada. Henry se acerca con el corazón acelerado y el cuerpo frío. Su estado ha recuperado un poco de la sobriedad, pero aún sigue vislumbrando las imágenes de su mujer en la mente. La cinta tiene inscrito una frase que dice: "Reprodúceme". Henry lo duda, pero al final decide encajar el VHS. Los ruidos que dominan el sótano callan unos instantes.

Y entonces el horror.

Primero, aparece la estática antes que la señal llegue, luego se presenta a una mujer amarrada en una silla. Se mueve asustada, tratando de zafar sus manos y pies. Sus ojos están vendados y su cuerpo, sudoroso, pegado a su ropa. La enfoca una luz potente. Luego, aparece un hombre con una bata negra y una máscara de toro; no habla. La mujer se mueve desesperada, pues lo había escuchado entrar. A continuación, el hombre le quita la venda y ella lo puede ver; intenta gritar, pero sus alaridos se apagan por la cinta que trae en la boca. El hombre comienza a moverse a su alrededor imitando los movimientos del toro, acercando a veces su cabeza hacia ella como si la corneara. La mujer llora; se aprecia muy bien el temblor en sus pies.

Seguidamente, el vídeo se apaga y otra escena viene. Ahora, el hombre le inyecta algo y ella se duerme. Se aleja unos instantes y cuando regresa, trae consigo un paquete de agujas e hilos.

Henry se tapa la boca con la escena, pues el hombre comienza a coser la boca de la mujer.

Cuando ella despierta —ahora sostenida con unas cadenas al suelo y completamente desnuda—, siente la sangre que cae de su boca. Quiere gritar, pero ya no es posible. Empieza a retroceder y, poco a poco se ve como entra en la imagen aquel hombre con cabeza de toro, pero ya sin la bata negra. Sus glúteos tapan por unos instantes la cámara y, poco a poco, se va acercando a ella. La pobre mujer solo gime y trata de retroceder, aunque sin éxito aparente.

La última escena se muestra. La mujer se encuentra acostada; continúa desnuda. Hay algunos charcos de sangre. El hombre llega desnudo y la toma del pelo. Los ojos de la mujer intentan reconocer el lugar, pero se puede notar que ya no tiene razón. Una máquina suena y Henry da la razón de que se trata de un aparato para afeitar. El hombre toro la comienza a rapar, mientras aprieta la cara de la mujer. La imagen se torna grotesca y Henry aparta la mirada unos instantes, mientras, oye el sonido distorsionado de la afeitadora. Luego, el vídeo se termina y la pantalla se vuelve estática.

Henry no lo puede creer. Su mirada se pierde en esas franjas grises y negras de la televisión.

Comienza a pensar.

—No, no, no. ¿Cómo llegó esto aquí? Yo… yo no podría hacer esto. Yo no podría. Alguien está aquí. Es un maldito asesino que ha estado usando mi sótano. ¡Maldito! ¡Maldito! —vocifera Henry.

De repente, las cadenas vuelven; se oyen a lo lejos; los fantasmas hacen su aparición. Henry se irgue con rapidez y mira a la oscuridad, puede reconocer algo moviéndose allí.

—¡Maldito! Déjate ver. Las has matado, a esas tres mujeres. ¡Eres un desgraciado!

Reconoce una cuerda colgando frente a su rostro; el encendedor. Henry la toma y, sin pensarlo, la jala. La luz aparece y lo ciega por varios instantes, pero cuando logra ver siente que su corazón se detiene.

Los sonidos y los gemidos siguen. Aquello que está encadenado se mueve con fuerza e intenta huir. Embiste los objetos, pero no puede hacer nada más, su fuerza es minúscula y su cuerpo desnudo se lastima con cada golpe. Henry tan solo la ve, y sus ojos se dilatan. Siente que su cuerpo va a desvanecerse. Siente miedo, mucho miedo. Mira alrededor y reconoce el lugar. Sí, lo reconoce, aquel lugar en donde esa memoria perdida de su esposa aparecía. Reconoce las paredes encaladas y la sangre en el piso, reconoce las botellas rotas de Red Label en el suelo y cómo habían llegado ahí, también reconoce a aquellas mujeres que cuelgan de las esquinas del cuarto; abiertas y secas, con unas miradas frías y olvidadas, suspendidas de ganchos como cerdos. Entre esas tres mujeres, la ve. Aquella con la que hace tiempo atrás aprendió a amar y con quien deseó la eternidad. Su alma se destroza, se arrodilla frente a ella incrédulo aún de lo que ha hecho y comienza a llorar, emitiendo alaridos que ningún espectro o humano podrán imitar nunca. En su delirio, en su destrucción interna, lo recuerda todo. La verdad es clara ahora, lo ha recordado.

Es **Él** el secuestrador, el asesino que aparecía de un sueño tan profundo que el cuerpo de Henry comenzaba a manejarse por cuenta propia. Pero ¿por qué lo hacía? Esa pregunta es contestada al mirar a la querida Anna, que ahora yace encadenada al suelo, desnuda y a medio coser la boca: porque nunca ha hecho nada, no tiene un motivo y desea buscarlo. Pero vaya que ya lo ha empezado a hacer; ha encontrado su motivo, aquello que despierta su fuego interior.

Las memorias llegan como ráfagas calcinantes hacía Henry. Su mente proyecta cada horror, cada caza y cada asesinato. Su conciencia no quiere creerlo, pero las evidencias son claras. Henry es un homicida, y uno que se ha ocultado muy bien en la oscuridad de su mente. Uno que solo actúa para aplacar su soledad y conseguir avivar esa emoción olvidada.

Henry se levanta. Las lágrimas siguen cayendo, pero eran cada vez menos. El dolor de ver a su esposa ahí colgada como carne se iba aplacando. Respira lento y meditativo. Las cadenas siguen sonando. Anna continúa moviéndose con fuerza, pues no hacía mucho tiempo que había llegado ahí. Henry voltea y la mira, sus ojos se topan dilatados. No dice nada, ni se mueve por unos minutos. Luego, se acerca a la mesa donde está la televisión y de un cajón ocultó saca un revólver Medusa M47, muy desgastado y con la boquilla casi oxidada; también coge una llave de plata muy pequeña. Tiene solo una bala, las otras… Henry recuerda donde las ha gastado y sonríe. Se vuelve y la apunta sin titubear. La mujer retrocede con locura. Algunas lágrimas surgen de sus ojos. Sus pies pisan muchos vidrios de botellas rotas y la sangre se esparce. Henry mantiene esa sonrisa en la cara; aunque sus ojos muestran miedo y duda. Decidido, baja el arma y se acerca a ella. Con la llave intenta quitarle las cadenas, pero es complicado con el movimiento desenfrenado. Henry ve el rostro de Anna y las imágenes vuelven: la charla que tuvieron esa tarde de trabajo, la comida que compartieron, las risas que se brindaron y esos ojos brillantes que lo emocionaban y lograban que su corazón se estremeciera. Mueve la cabeza para olvidarlo y continúa zafándola de su prisión. Cuando el candado de las cadenas cede, la mujer cae de bruces, pero logra levantarse en cuanto comprende lo que sucede y trata de correr hacia la entrada del sótano con la poca fuerza que guarda. Henry se irgue y la sigue con paso lento.

De nuevo, la tranquilidad de su sala con el suave sonido de su reloj, que ahora le suena exquisito (tic tac, tic tac). Anna aporrea la puerta de la entrada, intentando abrirla, Henry tan solo la observaba; esa desesperación que comienza a despertar una emoción fascinante en su interior. Pero agita la cabeza, no quiere perder el control, así que antes de todo coge el teléfono que se halla en una mesita de estar y marca a la policía.

Cuando la llamada termina, Anna logra salir.

En el exterior la noche es hermosa, las estrellas iluminan con enajenación, avivando las sombras de los árboles que dominan aquella casa del infierno. La desesperación de la mujer aumenta, pues no hay señal de nada en aquel lugar; ninguna casa, ningún camino. Comienza a correr, siente la suave hierva mojada en sus pies descalzos y el viento cortante en su piel desnuda. Henry la mira alejarse. Calmado aún, alza su arma, mostrando cada vez más esa sonrisa demencial que lo bautiza como un nuevo ser. Él lo está dominando; esa locura, ese placer. Su corazón late a una velocidad endemoniada y eso le encanta. Siente la adrenalina en su cuerpo y, entonces, esa monstruosa voz susurra en su oído. Es el momento, y Henry lo sabe.

Es el momento de terminar con esto. El sudor baja por su rostro y el vaho es expulsado de su boca formando presencias fantasmales en el aire.

El hombre ríe enloquecido, y llora. Llora con demencia. Al fin vuelve a sentirse vivo.

Anna continúa corriendo. En medio de esa oscuridad, se oye el disparo del revolver. Luego, un silencio profundo. La noche está en calma de nuevo.

Se oyen unos pasos alejarse con rapidez.

SE HALLAN LOS CUERPOS DE LAS DESAPARECIDAS

Luego de los múltiples esfuerzos que ha hecho la policía por obtener pistas sobre las mujeres desaparecidas, se ha logrado dar con el lugar del homicidio.

A las 00.30 del 13 de octubre, la comisaría cercana de Quirpus obtuvo una llamada de un hombre (identificado luego como Henry Orben), el cual pedía ayuda inmediata, proporcionando direcciones a los oficiales. A la 1.30 la policía llegó al lugar y trató de ponerse en contacto con el comunicador; sin respuesta.

Según informes, todas las desaparecidas fueron halladas. El oficial Sadler lo describió: «En mis múltiples años como policía, no me había encontrado con un caso similar. Todo era una catástrofe. Una imagen que no desearía que nadie la presenciara nunca».

La policía no dio más información de lo comunicado. Censurando todo lo demás. Dejando entender que solamente fue un caso de homicidio.

Lo último que se pudo obtener fue el testimonio del oficial, Uriel Clemente: «Encontramos cuatro cuerpos en toda la escena. No daré información de quienes son. Cuando acabamos, fui el último en salir, pero sucedió algo extraño. Pude oír claramente un choque de cadenas y gritos fantasmales en el sótano».

El caso continúa abierto.

JUEGOS DEL AZAR

Por: Pluma Digital

El 28 de junio de 1914, nadie imaginaba la inminencia de una ofensiva. Europa entera disfrutaba de un verano cálido.

Charles, se había alistado hacía poco en la milicia. Su padre decía que debía tener un plan *B* si no entraba a la universidad.

Cada verano, él iba a disfrutar de la playa con su novia de secundaria. Aquel junio de 1914 los campos del norte de Francia prometían una cosecha excelente y, el calor, hacía disfrutar de sus bebidas frías. Ese día, Charles había guardado un anillo de matrimonio en su pantalón. Por fin había reunido valor para pedir su mano. Antes de verse con su amada, debía encontrarse con su padre en el lugar de siempre: una pequeña taberna a las afueras de la ciudad de Sarajevo.

Al llegar, no encontró a su padre por ninguna parte, en su lugar se hallaban unos hombres armados. La mayoría parecían extranjeros. Los seis hombres apuntaron al mismo tiempo la cabeza de Charles. Él, no entendía nada. Perplejo, miró el lugar en busca de su padre. Mientras levantaba sus brazos, dio una ojeada a su alrededor y observó avisos colgantes, escritos con letra gruesa y en color rojo con la frase «LA MANO NEGRA». A lo lejos, había varias fotos y un mapa detallado de la trayectoria del archiduque y su mujer Sofía Chotek.

Su padre llegó unos minutos después y ordenó bajar las armas. Al momento de bajarlas, su padre abrazó a Charles. Él, quedó perplejo por la situación. Sus brazos se quedaron inmóviles y no pudo regresar el saludo. Uno de los hombres se quedó mirándolo fijamente. Charles, alejó a su padre. Quería irse. Sin embargo, el más alto de ellos, colocó su mano en la puerta y detuvo su huida.

Charles intentó salir, no obstante, su padre tenía otros planes. Ordenó que lo detuvieran precipitadamente. El fornido encapuchado lo agarró con fuerza por detrás de sus brazos, mientras otro lo golpeó en el estómago hasta que se desmayó del dolor. Antes de quedar inconsciente, su padre dijo en tono seco que todo lo que hacía era por su bien y por el de la nación. Al despertar, se encontró amarrado con una vieja soga. Intentó desatarse en varias oportunidades; sin embargo, el no haber comido jugó en contra suya. Sus fuerzas eran escasas y las dudas grandes. Podía escuchar a las gaviotas en la pequeña cabina y el golpe de las ondulaciones del agua al chocar con el bote. Gritó varias veces, pero nadie vino. Solo vio sombras lejanas que pasaban por debajo de la puerta.

Pasó una semana aislado. Su único alimento era un pan rancio y un poco de cerveza que dejaban cada mañana. De repente, una madrugada el bote comenzó a moverse salvajemente. El viento golpeó con tanta fuerza las ventanas, que logró romperla por completo y hacer volar en el aire los cristales. Uno de los pedazos, llegó cerca a los pies de Charles. Fue subiendo el vidrio por su cuerpo con cuidado. En el camino, se hizo pequeñas cortadas. No fue sencillo llevar el pedazo de sus pies a sus manos. Cuando logró agarrarlo, cortó la soga con rapidez. Intentó levantarse, pero sus piernas se encontraban muy débiles. Se caía cada vez que se ponía de pie. Entonces, no quedó más remedio que arrastrarse hasta la puerta. Solo faltaba unos centímetros, cuando el bote giró bruscamente y lo lanzó por la ventana.

Charles, se hundió poco a poco. Intentó salir a flote. Movió sin cesar los brazos y piernas, pero fue inútil. Comenzó a sentir un fuerte calambre. Al mismo tiempo, su respiración se hizo escasa al paso de los segundos. Se repitió una y otra vez que no debía terminar así, sin embargo, eso solo hizo que se desesperaba y perdiera el control de sí mismo. Cerró los ojos y gritó:

—¡Adiós para siempre, amor!

No deseaba morir, pero no tenía alternativa. Era él contra el mar. Antes de que fuera consumido, un marinero escuchó sus ruegos. Lanzó una red de pesca y subió su cuerpo al bote. Charles tosió y botó una gran parte del agua que había tomado. El marinero y capitán del barco, un tipo alto, con barba prominente y tuerto, sacó a Charles de la red. Con su mano huesuda, guio a Charles a una recámara fría. No pasó mucho tiempo para que trajera su ropa seca y una botella de whisky con unas galletas. Mientras comía y tomaba, Charles le contó todo lo que le había ocurrido. Él sonrió. En el mismo instante, el perro del marinero llamado Garm, ladraba sin cesar.

Solo faltaba una gota que pasara por la garganta larga de Charles para que éste, terminara la botella de whisky. Unos segundos después, dejó caer la botella al piso; hizo lo mismo con su cuerpo y, poco a poco, se quedó inmóvil. El marinero lanzaba una moneda de oro al aire, mientras se sentaba en una banca de madera. Charles quiso moverse, pero solo sus ojos lograban hacerlo. El capitán miraba de reojo a Charles, cada vez que caía en su mano la moneda, éste se iba transformando en un espectro.

Cuando perdió todo rastro de piel y sus dientes se habían podrido completamente, dijo con un tono calmado:

—Cara vives. Sello mueres.

El capitán lanzó tan alto la moneda que la pieza de metal terminó rodando por el piso viejo de madera. El espectro, se levantó de su silla y dio pequeños pasos para recogerla. Al agacharse, vio la frente sudada de Charles. Soltó una pequeña carcajada y la tomó, mirando al penoso joven. Se quedó un momento observando la moneda; entonces, volvió la vista, preocupado y suspiró:

—Mala suerte, amigo.

Navegó hacia una isla. Al llegar, lo alzó y lo arrojó por la cubierta. El marinero se despidió y se perdió en el mar. Al recuperar la movilidad, Charles se levantó y empezó a buscar algo para comer. Al caminar a fondo, descubrió que había regresado a su hogar. En ese instante, un hombre uniformado gritó su nombre. El joven caminó a donde estaba el sujeto quien arrojó a sus pies el uniforme y le exigió que se cambiara para la guerra. Charles quedó perplejo. Al parecer, la moneda había caído sello.

EN SU PRIMER VIAJE

Por: Martina Estevan

¿Nunca les pasó? ¿Tener una idea loca segundos antes de que suceda exactamente aquello que estaban pensando?

Es lo que ocurrió ese día, mientras bajaba las escaleras de mi departamento hacia la puerta, desde donde ya se vislumbraba el taxi que minutos antes había pedido, pensé «¿qué acontecimiento tan extraño debería pasar para cambiarnos la vida en un simple viaje?».

El taxi lo había pedido un día de tormenta eléctrica feroz, me encontraba sola en mi departamento y entonces hablamos casi telepáticamente con mi amiga, porque era prácticamente una ley mirar películas y comer en los días de lluvia; con el agravante de ser domingo, más o menos llegaba a convertirse en regla universal. Usé mi celular y hablamos sobre qué películas íbamos a mirar, en qué orden, y también, qué íbamos a comer mirando cada película —una charla muy importante, si me permiten opinar—.

Es en esas condiciones en las que subí al auto que me llevaría hacia su casa. El viaje calculado, sin gente en la calle y sin tráfico, nunca dura más de 15 minutos exactos. Entonces, continué debatiéndome: «es un hecho aún más imposible, ¿podríamos cambiarnos la vida en 15 minutos con un desconocido?». —Siempre que estoy por subir a un taxi pienso que maneja un hombre, así que fui la primera en juzgar—. Estaba en lo correcto, pero esa no es una regla universal, claramente. El segundo en juzgar fue él, quien apenas en unas pocas palabras que intercambiamos, llegó a suponer que yo era médica. Nunca alguien estuvo tan errado, pero no lo culpo.

—Buenas tardes, señorita, ¿a dónde tengo el gusto de llevarla?

«¡Wow! Qué amable este señor. Y qué bien», consideré. —Yo tengo una especial pasión por las charlas triviales con desconocidos, será que son temas libres y despreocupados, o que la gente con buena energía me transmite ganas de vivir—.

La cuestión era que este hombre estaba feliz porque yo respondí con el mismo entusiasmo. Me contó que yo era su primer viaje en su nuevo trabajo; en otras palabras, le entendí que simbolizaba el inicio de una oportunidad luego de tiempos sombríos. El taxista antes no era taxista, era un trabajador de quién sabe qué —porque eso no me lo contó—. Habló sobre el COVID, la pandemia (lógico, es un poco imposible actualmente intercambiar palabras que no lleven a lo mismo, una y otra vez), pero todo llevaba a que había perdido su trabajo hacía meses, y estaba contento de haber encontrado este. Dijo que amaba manejar, que amaba poner música mientras recorría las calles, que amaba charlar con la gente; en conclusión, este parecía ser su pasatiempo soñado convertido en esperanza, el cual lo sacaría de la desesperación. Me comentó que jugaría la lotería con el número de mi departamento, incluso me pidió decirle otro número de mi gusto, porque —y lo dijo textual, ¿eh?— «yo en algún punto le estaba cambiando la vida». No lo sentí tan real, pero sí llamó mi atención que, segundos antes de subir a su auto, yo había pensado en esas palabras exactas que ahora él pronunciaba casi sin dudarlo demasiado. Hablamos sobre nosotros un poco, superficialmente, y siempre en relación con el momento actual de distanciamiento social que vivimos.

¿Cuál sería ese trabajo anterior? Me cuesta un poco pensar en aquellos mensajes ocultos detrás de las palabras que van y vienen. ¿Cuál es su trabajo actual?, por ejemplo, es algo que nunca me pregunté porque deduje que era taxista. Que era su primer viaje, lo dijo él mismo. Que lo sacaba de la desesperación. Que venía de tiempos sombríos.

Resuena el distanciamiento social. En una pandemia es una expresión tan popular que pierde sentido, pierde fuerza, nadie lo toma por lo que realmente podría ser.

Pasaron mucho más de 15 minutos, y yo nunca logré llegar a la casa de mi amiga, pero me costó mucho más tiempo darme cuenta de lo que sucedía. En realidad, aún no lo comprendo del todo.

Sé que este señor no me llevó adonde le pedí. Sé que nuestra charla casual se alargó hasta transformarse en extraña. Sé que tuve miedo en un momento, y él me dijo:

—Ya es tarde para temer.

Sé que era su primer viaje, pero el último mío. Que mi distanciamiento social llegó muy lejos, y el suyo igual.

Su trabajo no era de taxista, eso es una certeza. Quizá era de tráfico de personas, de órganos; trata de blancas; todas esas categorías inéditas en las que yo podría entrar.

No lo sé, pero sospecho que, hasta no descubrirlo, mi viaje se repetirá una y otra vez. No era casual mi sentimiento de cambiarnos la vida mutuamente con el señor, ya hay algunos detalles que puedo advertir, que puedo intuir o sentir, pero hay otros que se me escapan. Sigo creyendo que es taxista, sigo en el día de lluvia y en la tormenta eléctrica, sigo hablando con mi amiga antes de subirme. Sigo en el viaje.

Aunque, les admito, yo no quiero enterarme de lo que realmente sucedió. Y, entonces, tal vez es una elección propia no saber, posiblemente sea yo quien insiste en subir a descubrir que un amable hombre es taxista y todo va bien.

El único problema es que las cosas nunca son así, así como uno espera, al menos.

En fin. Es un día lluvioso, tengo unos planes muy interesantes con mi amiga, un plan que respetamos en cada tormenta eléctrica. Tengo que irme porque pedí un taxi que quizá ya esté en la puerta. ¿Se imaginan si por alguna extraña razón les cambiara la vida en un viaje?

CUARENTENA

Por: Elena Gallardo

Deseé esto por tanto tiempo, que ahora cuando por fin puedo salir, me parece increíble. La carretera está completamente vacía. Los árboles, de un verde hermoso, agitan sus ramas al compás del viento. Reduzco la velocidad para apreciar el paisaje. Con la vuelta a la normalidad, pasará un buen tiempo antes de que pueda tomarme un respiro y disfrutar del canto de las aves.

Durante meses, escuchamos en todos lados la inminente llegada del cambio climático. No hubo medio de comunicación donde no se advirtiera del desastre inminente. En un intento por minimizar las consecuencias, por frenar la contaminación, se llegó al acuerdo de parar por completo todas las actividades. En cada casa se repartió una despensa por cada miembro de la familia, junto con un botiquín que, afortunadamente, sigue intacto. Cuarenta días. Una eternidad para un operativo como yo quien trabaja mínimo doce horas al día, seis días a la semana.

¡Quién lo diría!, aquí vamos de regreso, sobreviví al ocio.

—No funciona. —Me mata la tristeza en su voz.

Suspira cansada apagando la radio. Yecenia de verdad ama el bosque, el estar rodeada de naturaleza la llena de vida. No sé cómo lo hace, cómo logra desconectarse del mundo de un momento a otro. Yo me hubiera vuelto loco en menos de un día, si no fuera por ella.

—¿Quieres comer algo? —Niega mientras mira por la ventana, sé que está llorando.

Llevamos tanto tiempo juntos que no me explico cómo hay cosas que aún le cuesta trabajo decirme, compartir conmigo. O quizá solo sea su forma de ser. Nunca, jamás, desde que nos casamos me ha pedido nada. Todo sería tan diferente si hablara conmigo, si me dijera lo que le molesta, lo que no le gusta, lo que prefiere. Siempre acepta, sin dudar, mis sugerencias. *«Será diferente cuando tengan hijos».* Vuelan por mi mente las palabras de mi hermana y la plática posterior sobre la planificación familiar —lo sé, debió ser antes de casarnos—; bueno, sería más correcto decir que fue un monólogo, ya que ella no opinó; o una dictadura si tomamos en cuenta que aceptó mi discurso sin reparos.

—No estoy segura de haber desconectado el refrigerador —dice con voz temblorosa cuando me detengo en la estación de servicio.

—No te reocupes, yo desconecté la luz y apagué el generador —indico.

—Aprovecharé para ir al baño. —Rebusca en la bolsa hasta asegurarse de que tiene lo que necesita—. Ahora vuelvo.

Tomo su mano cuando me da la espalda para bajar, espero a que me mire.

—Te amo —confieso y su rostro se ilumina cuando sonríe.

—Y yo te amo a ti —responde.

Sé que es verdad, sé que me ama más que a nada. Me siento el hombre más miserable del mundo por no hacerla feliz, por no complacerla, por poner mis intereses sobre ella. Pero ¿qué sería de nosotros si me dejo llevar por sus pasiones? ¿Qué pasaría si decidiera que nos quedemos en la cabaña indefinidamente? Estaría feliz, al principio, no tengo dudas, y ¿cuando se termine el dinero? ¿la comida?

Mi estómago gruñe haciéndome contar las horas que llevamos en la carretera. Lo que es peor, ella apenas tocó el desayuno.

Bajo de la camioneta y entro a la tienda. Tomo una canasta que lleno con esos panecillos que jamás podré entender por qué le gustan, unas cuantas barras energéticas y café. ¡Maldición!, la máquina está apagada. Busco con la mirada al dependiente para preguntar si no funciona, o la prenderán, o tiene el café en otro lado. Pero no hay nadie.

Caigo en cuenta que tampoco vi al despachador afuera. Deben estar en su horario de comida. «¿Los dos juntos, sin dejar a alguien de guardia?», me reprocha mi mente operativa. Podría salir por la puerta, irme sin pagar y jamás se darían cuenta. El dueño necesita saber esto, si alguien en la fábrica lo hiciera, definitivamente agradecería que me contaran.

Coloco la canasta sobre el mostrador, mientras miro el reloj, definitivamente escribiré una carta al dueño. Cinco, diez, quince minutos, nada. Esto es el colmo. Regreso a cada pasillo y reviso los precios, saco la cuenta, tomo un par de chocolates para completar y dejo el dinero sobre la barra.

—¿Tienes agua?

El golpe de calor me recibe al abrir la puerta. Al apagar la camioneta, se apagó el aire acondicionado. Tiene las mejillas sonrojadas, se ve preciosa.

—No se me ocurrió y no volveré a esa tienda, tiene pésimo servicio.

Cierro la puerta y el interior se vuelve un horno.

—Iré yo —ofrece, y aunque en otras circunstancias me hubiera negado, acepto, yo también necesito agua.

—Que sea fría. —Le pido entregándole el dinero.

Me parece una eternidad, aunque realmente solo han pasado un par de minutos. La sensación térmica no disminuye aun con el aire a toda la potencia. A mi pesar, lo apago, debo ir a buscarla, debe estar esperando a que aparezca alguien para cobrarle. Miro alrededor con la esperanza de que aparezca alguien.

Entonces, la escucho gritar.

Abro la puerta y lo que me golpea ahora es un fétido olor. ¿Pero qué...

—¡No, no, aléjate! —chilla.

Corro hacia su voz. La tienda es pequeña. La puerta de entrada por donde llegué y otra puerta que debe llevar al almacén. Debió entrar en busca de alguien y a ese alguien no le gustó ser encontrado fuera de su lugar de trabajo.

—¡No, por favor! —suplica aterrorizada.

Todo aquí es penumbra, siluetas es lo único que distingo.

—¡Déjala! —grito al bulto que se inclina sobre ella.

El hombre voltea un segundo, me dedica su mirada un segundo y con eso me hiela la sangre, nunca, jamás en mi vida, pensé que vería algo así...

GÉNESIS

Por: Pluma Digital

Cuando Dios creó el mundo, dividió la existencia en dos razas. Cada especie fue creada por dos madres diferentes. Eva y Lilit. La primera se concibió con la costilla de Adán. Es conocida coloquialmente como la madre de todos los humanos y se le distingue como una mujer vulnerable, amigable y paciente. Después de que la desterraron del jardín de Edén por morder la manzana, encontró un nuevo hogar en el planeta tierra. Eva quiso convencer a Adán para que vivieran juntos; sin embargo, él la abandonó y se marchó al cielo, y ella quedó deambulando por un año. La tierra era un lugar infértil, tóxico, con escasos alimentos y solitario.

Dios se fue apiadando del alma, sabía que ya había cumplido parte de su condena. Así que, cuando se encontraba débil y hambrienta, fue a visitarla y prometió que cuando falleciera podía vivir su eternidad en el cielo, pero mientras eso pàsaba, ella debía hacer que la tierra se volviera un lugar habitable. Dios entregó parte de su poder divino a Eva: el poder de la creación. Esta nueva especie sería débil, orgullosa y prepotente, serían el reflejo de sus errores. Si su misión no se llevaba con éxito, se volvería tierra y desaparecería para siempre. Sus hijos, en cambio, podían mandarse, al morir, al cielo o al infierno según sus acciones.

«Creó, pues, Dios al hombre a su imagen; a la imagen de Dios
lo creó, varón y mujer los creó.»

Génesis 127 del libro de Tanas.

La otra creadora fue Lilit, la primera esposa de Adán. En cuanto a ella, su único "error" fue no querer intimar con Adán. Varios ángeles querían convencerla de realizar ese acto; sin embargo, ella solo se negaba. Encontraba asqueroso al primer hombre del mundo. Adán, al verse humillado, decidió gritar al cielo y pedir otra esposa que pudiera amarlo y cumpliera todos sus mandatos.

Lilit fue desterrada a las orillas del mar rojo por su omisión, aunque ella no entendía por qué debía cumplir sus deseos, si se crearon del mismo polvo. Dios se dispuso a evaluar su existencia y decidió ponerla a prueba. Ella resaltaba a primera vista; fuerza, belleza, inteligencia y valentía y, como a Eva, determinó otorgarle una parte del poder de la creación. Estas nuevas criaturas tendrían resistencia, astucia y vigor. Cuando llegaran a morir, deberían encargarse de dar castigo a los seres humanos que no cumplieran el mandato de Dios en el infierno y otras pocas podrían descansar en el cielo.

Dios prohibió que se acercaran en la tierra estas dos especies, decía que la unión sería su propia destrucción:

«Los gatos salvajes se juntarán con hienas y un sátiro llamará a otro, también allí reposará Lilit, en él encontrará descanso.»

Isaías 34.14 biblia de Jerusalén.

Lilit no siguió el mandato de Dios y se enamoró de un humano. Ella veía siempre, a la misma hora, a un fornido pescador en una costa la cual dividía a las dos especies. Poco a poco, ese amor fue creciendo tanto que sus encuentros se volvían cada vez más románticos y carnales, al punto de tener relaciones íntimas a la media noche durante varias lunas.

Así, Lilit quedó embarazada en una luna de cuarto creciente. Dios, al saber esto, condenó a sus futuras creaciones. Lilit mantuvo su poder; sin embargo, sus próximos hijos saldrían deformes y con piel escamosa. Cerraron las puertas del cielo a estos demonios; solo con colocar un pie en el reino de las nubes, sus cuerpos se quemarían y morirían en el mismo acto. A Lilit, al parir, la desterraron al infierno. Se le perdonó la vida a su hija y se decidió que ella pudiera vivir en la tierra con su padre.

Hoy se cumplen veinte años desde que no veo a mi madre.

Hola, soy Débora, la hija híbrida de un humano y un demonio.

Tengo piel roja, cabello crespo peinado en trenza, ojos morados y dientes afilados. Mi padre me contaba cuando era pequeña varias historias de mi bella madre. Ahora que soy adulta, todavía no puedo entender el rencor de Dios y su decisión arbitraria de alejarme de ella.

Una noche, después de mi turno de camarera local, me dirigí a la costa donde se conocieron mis padres; la brisa siempre me tranquilizaba. Sentada en la arena, me sentía cerca de ella. Parecía un deseo absurdo, incluso algo infantil; pero anhelaba de todo corazón verla. Es difícil crecer sin el amor de tu madre.

Estaba anocheciendo y sentía el frío del mar. Así que, tomé mi delantal de la arena, sacudí la parte trasera de mi pantalón y me dirigí a casa. De repente, sentí que la tierra se movía. Intenté moverme; sin embargo, era tan fuerte que caí una y otra vez.

Estaba acostada en la arena cuando una palma se desplomó sobre mí. Quedé inconsciente. Al despertarme vi que todo estaba destrozado. Cogí mis cosas rápidamente y corrí hacia la casa. Podía ver en la calle los estragos de aquel accidente.

Golpeé varias veces la puerta, pero nadie me abrió. Saqué las llaves del bolso y abrí torpemente la puerta. Entré y vi que la sala estaba destrozada; los muebles estaban rotos y había manchas de sangre en el piso. Subí al cuarto de mi padre. Estaba desorganizado y su ropa había desaparecido.

No podía creer esta situación. Se esfumó mi vida con solo un suspiro. Esperé por tres días alguna respuesta de su paradero. Iba y venía de las comisarías, pero nadie me daba una respuesta positiva. Una noche, cuando veía que todo era inútil, mi padre se apareció. Su chaqueta estaba quemada y algunos pantalones se encontraban manchados de lodo. Corrí a abrazarlo. Esa fue la semana más larga de mi vida. Recogí sus maletas, las entré a la sala y le pregunté qué había pasado. Él solo me abrazó fuerte. Sentía que algo malo había sucedido. No era de los que se van sin decir nada.

Tomó un baño largo de agua caliente mientras lavaba la poca ropa que quedaba. Al salir solo dio las buenas noches y se fue a dormir. No pude descansar. En la mañana siguiente todo parecía normal: se levantó para hacerme el desayuno y me dio el beso de los buenos días, me senté en la mesa, preparó huevos revueltos con una enorme taza de chocolate caliente, él se sentó y comimos juntos. Cada vez que quería preguntarle qué había pasado, Gabriel, me evadía y se ponía a hacer otra cosa. Él quería fingir que todo estaba bien. Cambió rápidamente su sonrisa cuando me iba a trabajar. Me atormentaba dejarlo solo; pero, debía pagar las cuentas.

El sábado decidí pedir mi día compensatorio. Debía descubrir qué hacía cuando me iba. Salí temprano, como todas las mañanas, y me escondí detrás del cable de luz. Por varios minutos no pasó nada, incluso llegué a pensar que me estaba inventado cuentos. Sin embargo, después de una hora, mi padre salió de la casa con una enorme maleta. Seguí sus pasos; no debía ser vista. Me pareció extraño su comportamiento, no solo por la maleta, sino porque se veía nervioso. Él ya no estaba sonriendo como antes. Cuando llegó a una cueva, me aterré y pensé que mi padre había enloquecido. Miró a todos lados antes de ingresar. Creo que sospechaba. Me acerqué y observé que estaba hablando con una hermosa mujer. No podía creerlo, fregué mis ojos para cerciorarme.

—¡Es mi madre! —grité.

Salí del escondite. Solo deseaba abrazarla, pero ella me empujó. Sus ojos estaban sumergidos en un sentimiento profundo de odio. Mi padre me tomó del brazo y me alejó fuera de la cueva. Volteé varias veces y no pude encontrar amor en Lilit. No entendía qué estaba pasando. Mi padre me suplicó que fuera a casa y que después me explicaría todo. Acepté. En el camino, solo podía pensar en esa mirada fría; no era lo que me imaginaba en nuestro primer encuentro.

Al llegar, subí a mi cuarto y empecé a llorar. Mi padre llegó en la madrugada y pude notar que sentía algo de pena cuando fue a verme. Sabía que llevaba tiempo asomado, pues al mirar la puerta pude ver su sombra en la parte baja;. Su voz fue débil cuando intentó llamarme.

—Hija, hija, ¿estás ahí? —preguntó.

No quería responder. Se acostó contra la puerta por varios minutos. Él tampoco era de las personas que se daban por vencido fácilmente. Primero, empezó a tararear. Después, se levantó, encendió la radio y empezó a cantar a todo pulmón. Daba pequeños saltos en toda la sala. No pude evitar levantarme de la cama; ese coro era muy pegadizo. Salí y mi padre me jaló para bailar juntos. Saltamos, reímos y disfrutamos.

Cuando se acabó la canción, ambos nos quedamos viendo. Gabriel respiró profundo; sabía que la conversación que se iba a dar no sería nada fácil.

Mi padre me llevó al comedor, sirvió la pasta y comenzó a hablar.

—Lilit decidió no irse al infierno; por el contrario, eligió revelarse contra el poder de Dios. Ella creó un ejército entre demonios y humanos; sin embargo, cada vez que intentaba infiltrarse, alguien descubría el plan y sus más fieles servidores eran devorados por su propio pecado. Me dijo que ella había sufrido mucho; cada día estuvo rodeada de un fuerte olor a muerte y no soporta no tener libertad; que Lilit, aunque fuera la reina del caos y la destrucción. —Desea respirar tranquilo; sin embargo, no puede—. Piensa que todo el mundo es su enemigo. Perder la vista puede distorsionar la realidad. Ahora, solo confía en mí.

Mi padre se llevó una gran porción a la boca. Yo, en cambio, aparté el plato y me levanté. «Mi madre es solo una mujer asustada», pensaba cada vez que miraba a mi padre. Ahora, me sentía una inútil.

Miré a mi padre. Él sonrió; su boca estaba untada con pasta de tomate. Dijo que me sentara y que no me preocupara; sin embargo, no podía quedarme sin hacer algo.

Al día siguiente, fui a la cueva sola. Al entrar, un cuchillo se apresuró a cortar mi cuello, respiré profundo y grité:

—¡Mamá, soy yo!

Se detuvo, soltó el arma y acercó su mano a mi rostro.

Poco a poco se iba arrimando. Estábamos frente a frente cuando un mensajero de Dios lanzó una flecha y, por suerte, pudimos evadirla. Mi madre tomó mi brazo y fue guiándome poco a poco al interior de la húmeda cueva. Adentro se encontraban varios demonios armados. Lilit me presentó. Los demonios más antiguos tenían rasgos humanos. Al parecer, los relatos de mi padre eran verdad: después de mi nacimiento, todos fueron degradados a convertirse en bestias infrahumanas.

Bajé por unas frías escaleras. Sus miradas eran penetrantes. Sentí tanto pánico que resbalé en el último escalón. Levantándome, poco a poco, observé sus risas. Lilit golpeó el piso con un bastón de calavera y todos se quedaron callados. Me llamó por aparte y me pidió que la siguiera. Llegamos a un salón oscuro donde tomó una daga con la que pinchó mi dedo. Las ventanas se azotaban mientras se abrían y varios libros volaron sobre los muebles. Entonces, sonrió. Mientras la sangre me goteaba, mi madre estaba limpiando sus armas. Sanó mi herida rápidamente.

Lilit no podía ver, pero tenía un estupendo oído. Si tomaba algún libro, ella me amenazaba. Un paso en falso y me encontraba con una daga en el cuello. Mi madre, era una mujer extraña. Desde que llegué, no habíamos tenido ningún tipo de acercamiento. Aun así, si me alejaba de ella, me hacía zancadilla y me arrojaba cualquier objeto para que me callera. No podía entenderla.

Al fin, tomó mi mano y me entregó una moneda de plata. Quería preguntarle; sin embargo, ella se negaba a responder cualquier pregunta. Iba tocando los muros cuando, de repente, apretó una especie de botón del que fueron apareciendo unas escaleras subterráneas. Me señaló para que siguiera ese camino. Bajé. El lugar se encontraba polvoriento. En las paredes estaba escrito las palabras «AMÉN» y «GLORIA». Era algo curioso profesar alegría y aceptación en un lugar lúgubre y triste. El fondo no era algo muy alentador.

Encontré dos puertas; la primera estaba cubierta de calaveras y la otra estaba hecha con oro. Revisé la moneda y vi qué la puerta dorada tenía en su chapa el mismo animal.

Golpeé. No sucedió nada. Jalé la manilla y un ángel salió. No respondió nada. Intenté pasar, pero él me detuvo. Solo extendió la mano. Mostré la moneda. Dio un paso al lado y me dejó entrar. Sentí un peso enorme cuando pasé por esa puerta, como si hubiera ganado pecados. Cada paso era más complicado. No entendía qué debía hacer o por qué mi madre me había hecho llegar. Sacudí mi ropa y encontré un mensaje que decía:

> «Hija, todo esto puede ser confuso, pero sé que sabes qué hacer. Eres mi mejor regalo. Te amo.»

Mi madre era todo un enigma. Dejaba siempre pistas al azar, ya fuera en mi ropa, mis manos o cualquier objeto que dejara huella. Ahora entendía por qué me tocaba tanto. Al parecer, se había unido a mi padre para formar este plan. Supe esto porque todos los objetos que veía, tanto en la cueva como en este extraño mundo, estaban antes en mi casa. El camino se volvió estrecho. Al entrar en una pequeña ventana, me encontré con un enorme trono en forma de nube. No podía creerlo, ¡Mi madre quería que matara a Dios!

Cuando me quería regresar, sentí mareo. Al parecer la cortada que me había hecho tenía un fuerte veneno. Empecé a moverme sin sentido. El peso que sentía antes, había desaparecido. Mis manos se veían borrosas y mi garganta estaba seca. No entendía ahora qué era realidad. Me tambaleaba de un lado a otro. Cada vez que miraba mis manos, estas se desfiguraban más y más. Mis piernas perdían fuerza; empecé a gatear. Todo era surreal para mí.

Cuando pude salir de ese laberinto mental y recobré el sentido, descubrí la oscura verdad: mi madre, efectivamente se encontraba en el infierno; era prisionera de Eva. Según parecía, ella no podía mantener su promesa, así que, decidió ir al infierno y asociarse con los demonios para derrotar a Dios. Pero Lilit quería impedir a toda costa una rebelión, por lo que combatieron. Eva hizo trampa; sin embargo, en el encuentro, Lilit logró quitarle su visión. La pelea fue tan mortal, que el infierno movió la tierra. Mi padre suponía la verdad y fue a buscar a su amada, cuando fue capturado y cambiado por un demonio. Solo necesitaban a alguien que pudiera estar tanto en el infierno como en el cielo; por lo que, el demonio fue envenenando mi comida y cambiando poco a poco mi realidad. No estaba consiente. Eva simuló ser mi madre y me engañó para matar a Dios.

Ahora que estoy al lado de mis verdaderos padres, descubro que el mundo está en un caos. El orden se ha alterado. Tanto los humanos como los demonios perdieron el control. Los demonios tomaron el poder en la tierra y en el cielo.

Ahora el infierno es el cielo y la vida es la tortura eterna…

¿Y SI FUERON LOS VECINOS?

Por: Martina Estevan

Ese día pasaron muchas cosas, pero todos sabemos cuál fue la que realmente cambió sus vidas: desapareció una niña pequeña en el barrio más mediático de *Ciudad Fantasma*.

Si bien sucedían continuamente cosas extrañas que venían incomodando a las familias de la cuadra, este hecho no era desafortunado, en lo más mínimo. Lo que cambió aquel día fue justamente eso: aunque nadie supiera de qué manera los hechos estaban relacionados, ese día, tras la desaparición, los acontecimientos se frenaron. Incluso sin evidencias llamativas, porque los cambios no fueron instantáneos ni había pruebas. Las personas del barrio simplemente lo sintieron: todo había acabado. Un sentimiento de alivio invadía a cada una de las personas del pueblo.

Permítanme que les explique un poco más acerca de cómo llegamos hasta este punto tan crucial.

Ocurrió hace un tiempo indeterminado. Nació una ciudad de la que nadie más que los propios ciudadanos de la misma tienen conocimiento. Esta ciudad —se comenta— fue fundada por una persona que se encontró sola en el mundo —con "sola" me refiero a no tener a nadie más en su vida—, de ella nada se sabe, su existencia se limita a un mito en el que lo llaman *Insvi* como una manera de aludir a su invisibilidad. Una persona solitaria que agarró su auto y condujo sin rumbo, escuchando música a todo volumen hasta frenar en cierta circunvalación donde un cartel destruido llamó su atención; decía: «LA CIUDAD FANTASMA». Nadie mejor que él para entrar a un lugar que llevaba el nombre de cómo se sentía. No dudó ni un segundo en entrar por el camino rocoso que llevaba hacia un lugar inexistente. Este sitio no estaba en el mapa, y tampoco el cartel estaba presente a la vista de personas que no necesitaran ser parte de aquella ciudad. Únicamente alojaba personas solas en el mundo, personas de las que nadie más sabía que existían.

Pronto, la ciudad antes deshabitada comenzó a ser poblada por personas solitarias, personas rotas, a veces desoladas. Otras veces eran personas que traían energía al lugar. Las relaciones y empatía de aquella gente se hicieron más simples que en cualquier otro espacio sobre la tierra porque se comprendían y acompañaban. Nunca nadie hizo preguntas; todos los que estaban ahí sabían que habían llegado, sin dudas ni prejuicios, al lugar indicado.

Sé que para quienes nunca pudieron ni podrán ser parte de este lugar, es imposible imaginar cómo se dio verdaderamente su dinámica. Los mitos dicen que la ruta por la que pasaba esta ciudad se encontraba entre los dos lugares más poblados del país. También dicen que una colina enorme simulaba ser montaña, que el frío se volvía calor allí, que no se escuchaban ni susurros por sus calles. Se comenta que las canciones oídas por los pueblerinos eran originales, canciones de nadie. Se dice que aquellos libros que las personas leían no tenían hojas ni letras, no tenían palabras ni frases; en realidad, los libros no contaban historias de nadie, y sin nada.

Volviendo al principio. Este día, en el que desapareció la niña —es decir, doblemente desaparecida, porque el requisito especial para formar parte de la ciudad era desaparecer para el resto del mundo—, sí que fue una paradoja encantadora, y un alivio para la gente que por fin regresaba a disfrutar el silencio. Oír ruidos en un pueblo en donde jamás se había escuchado apenas un mínimo sonido o susurro, fue perturbador para los habitantes. Ver luz en la ventana, en plena noche, ya era el acontecimiento más raro vivido hasta ese instante para aquellas personas.

La verdadera historia dentro de este complicado laberinto es la que se cuenta sobre Zola, la niña desaparecida. Ella no tenía años, porque era muy pequeña, y porque en este lugar la gente no tenía conocimiento sobre su edad. Solo sabíamos si eran niños, adolescentes, adultos o ancianos.

La pequeña Zola, no estaba sola. Y este fue el primer percance que incomodaba a los habitantes.

Las reglas no estaban claras en cuanto al cartel de entrada a la ciudad; quién lo ve, cuándo lo ve, dónde lo ve. Porque, sin duda, esta niña no sabía leer y pudo aparecer en *Ciudad Fantasma*. No sabía manejar, no pudo ver el cartel, no pudo entrar. Entonces… alguien lo logró por ella. Es así como algunas normas parecen haberse quebrantado sin siquiera estar inscriptas en algún lado: Zola no era una niña sola, quien la trajo y abandonó, tampoco; pero de todas formas el cartel se hizo presente.

Entonces, todo empezó a cambiar. Cuando no todo era ya tan claro, las personas se trastornaron un poco. Nadie quería ayudar a la nueva habitante, pero ella era quien más ayuda necesitaba.

Algo en este espacio desaparecido se rompió.

Zola se comportaba extraña, porque nadie le enseñaba nada. Y en poco se convirtió en la paradoja del lugar, ya que ni siquiera existía; esta niña realmente estaba desapareciendo. El caso era, que cuando una persona de afuera pensaba en alguien de adentro; es decir, cuando quien sea que hubiera llevado a Zola dentro de *Ciudad Fantasma* pensaba en ella, las cosas como se conocían dejaban de serlo. Los requisitos implícitos ya no eran implícitos, tampoco eran requisitos. La gente empezó a desconfiar, aunque no sabían de qué.

La tormenta anunció lo que vendría: la destrucción total. No había tormentas en *Ciudad Fantasma* hasta el momento, y el miedo a lo novedoso podría ocasionar más problemas. Todos pusieron un poco de su propia miseria para volverse cada día más infelices: se encerraron, dejaron de empatizar, de relacionarse, de entenderse. Las noches llegaban mucho tiempo antes de lo esperado y las mañanas se hacían esperar un poco más, cada vez.

En la última larga noche de tormenta, alguien —imposible saber quién, siendo que hablamos de un espacio inexistente— hizo desaparecer a Zola. Alguien agarró un auto, la subió en él y manejó sin rumbo en la larga carretera hasta encontrarse con un cartel que mantenía letras inconclusas, apenas ilegibles: «GRAN CIUDAD FANTASMA». Alguien, no dudó en emprender por ese carril, entre niebla y frío, que llevaba hacia un lugar más cálido, alejado, más inexistente aún. Y allí fue abandonada la niña desaparecida, por tercera vez.

Zola volvería a cambiar las reglas, una y otra vez, solo que ahora lo haría en *Gran Ciudad Fantasma*.

Localizando cómo se dieron las cosas, Alguien —me refiero a ese alguien que la llevó hasta allí nuevamente—, ahora se preguntaba: «¿Y si entonces, quienes trajeron a Zola a Ciudad Fantasma, simplemente fueron los vecinos?»

CUENTOS DEL MÁS ALLÁ

Por: Rocela_F

Ya hacía cinco años en los que María tenía aquel lugar oscuro para su conciencia, lleno de personas vacías. Durante ese tiempo, no recordaba nada de su vida, solo se le veía a diario caminar por los pasillos del manicomio donde su esposo la había internado de por vida. De noche tenía horribles pesadillas de aquella casa; se escuchaban sus gritos por todos lados. Lamentablemente, los enfermeros la mantenían amarrada a una camilla por horas para poder controlar sus gritos. Estaba delgada, con los ojos hundidos; no se reconocía, su mirada se veía perdida.

Los médicos estaban tratando de llegar al problema que tenía María. Uno de ellos, llamado Eduardo, quien se había sorprendido con ella por su belleza, se preguntaba cómo podría estar ahí encerrada. La miraba por horas, pensando en cómo podría ayudarla; sentía compasión por ella, por las terribles crisis que tenía.

Cuando Eduardo tenía guardia estaba muy pendiente de ella: le daba su comida, la sacaba a pasear por los alrededores del lugar y le mostraba las plantas y las flores. Se quedaba mucho tiempo mirando todo, sin decir una palabra.

En cambio, su esposo nunca más quiso saber de ella, la abandonó por completo cuando se había ido a la ciudad para hacer algunos trabajos. Por eso, había pensado en recuperar la casa y hacerle unos arreglos. A pesar de que a María la había vuelta loca aquella casona, él pensaba que esa locura no era por la casa si no por alguna demencia que tenía por descendencia familiar. Él nunca la quiso, solo le importaba porque con ella tenía un techo donde dormir, pero nunca se imaginó que precisamente la demencia de María haría que heredara aquella casa.

Ya él tenía todo listo para su viaje de nuevo: volver a esa casa. Eran las dos de la tarde cuando llegó; se quedó mirando fijamente a la casona y por un momento dudó si quedarse con ella; se veía tan tenebrosa. Cuando volvió en sí, se dio cuenta de lo abandonada que estaba; tenía tiempo de aquel suceso. La casa estaba muy descuidada, estaba pensando en buscar a alguien para renovarla. Ese mismo día se dirigió al centro del pueblo y buscó un hotel. No quiso entrar a la casa, tenía mucha maleza y le faltaba pintura; además, se veía muy misteriosa.

Lo primero que hizo fue llamar a sus amigos que tenía en el pueblo, les comentó para que lo ayudaran a reparar algunas cosas de la casa. Quedó de acuerdo con ellos en que fueran al siguiente día para empezar con los arreglos.

María seguía en el centro de rehabilitación, en donde no se le veía nada de mejoría. Sus crisis eran cada vez peores, se complicaba cada día más. Ella sentía que la atormentaban unas voces que la llamaban: «¡María! ¡María¡», y al oírlas empezaba su crisis. Había momentos que decían: «¡mátalos, mátalos!». En varias secciones que le realizaban se veían sombras que no la dejaban dormir. Tenía días en los que se veía muy lúcida, tanto así que podía recordar, pero como a los 20 minutos empezaba a gritar porque sentía una presencia cerca de ella.

Su casa, la heredó de sus antepasados, después de que murió *Doña* Margó. Se decía en el pueblo que aquella construcción duró muchos años sola; los dueños fueron los bisabuelos de María. La gente comentaba que no eran buenas personas, tenían mala fama por hacer maldades a mucha gente, y luego de que murieron la propiedad no pudo ser habitada por nadie más, sino solo por su abuela.

Aquella señora era todo un misterio; no tenía amigos en el pueblo, hasta se puede decir que muchas personas le temían. Se preguntaban cómo era que a ella no la asustaba aquella casa, si cuando la residencia quedó sola no pudo habitarla nadie más, todos salían disparados, decían que era terrible lo que se presenciaba allí.

Entonces, como María no tenía más familiares, solo ella podía heredar aquella propiedad; por eso, estando internada, Alberto podría apoderarse de la casa. Además de que era una casona antigua, muy grande y con una gran cantidad de arbustos, para muchos era una sitio muy tenebroso. Las personas del pueblo contaban que de noche se escuchaban gritos y risas; les daba temor pasar cerca de allí. Pero para Alberto eso no era impedimento ya que él no creía en cuentos de caminos.

Al día siguiente, Alberto fue emocionado a buscar a sus amigos para empezar las labores de reparación de la vivienda.

—Ya no voy a tener problemas con la loca de María. —Les decía a sus amigos.

Pero ellos pensaban entre sí: «¡Qué cruel es Alberto! Solo piensa en él; nunca se preocupa por su mujer».

Cuando llegaron al lugar, Julián, uno de sus amigos que era muy supersticioso. Al mirar la casa sintió temor y exclamó:

—¡Huy!, esta casa da miedo, me da escalofríos. Esta casa tiene algo malo.

—Estás loco, Julián —repuso Alberto—. No te vayas a poner como María, por estar con sus cosas enloqueció y fue a parar al manicomio.

Fue tanto el espanto de Julián que no quería entrar. Así que Pedro, su compadre, le increpó:

—¡Vamos pues, compa! Entremos a la casa, no empiece con sus idioteces, siempre usted tan misterioso.

Alberto fue el primero que ingresó, bromeándoles:

—Ahora sí, par de cobardes, entremos.

Julián estaba sorprendido con aquella casa, se veía en mal estado y había mucho qué hacerle.

Alberto les comentó:

—Trataremos de remodelar lo más importante, empezaremos por los techos.

Hubo un minuto en el que Julián se detuvo a observar un retrato grande de un hombre mayor, como de 60 años y quedó impresionado al ver que los ojos de aquel hombre salía fuego. Fue tanto su susto, que brincó y le habló con voz entre cortada a los amigos:

—¡Por Dios! Me… me… me quiero me quiero ir de aquí. Esta casa tiene algo que no me gusta

—¿Qué le pasa compa. Ahora sí, ¿se va a poner de mujercita? Deje la estupidez y póngase a trabajar.

Y así, a pesar del temor de su compañero, los tres amigos empezaron los arreglos de la casona.

A las dos horas, Pedro oyó un sonido extraño en el medio de unos de los cuartos, como si alguien estuviera en el cuarto de la mitad, como si movieran cosas. Se preguntó quién estaría en esa habitación. Dirigió su mirada alrededor de la sala y se dio cuenta de que los demás estaban ahí, haciendo sus labores: Alberto, en un costado raspando la pared y del otro lado vio a Julián. Se quedó pasmado, estaba sudando frío viendo hacia el sitio donde había oído los pasos y los movimientos y pensó si tal vez estaba creyendo en lo que decía su compadre, así que les preguntó:

—¿Ustedes oyeron lo que yo oí?

—¿Qué le pasa, Pedro? —Le cuestionó Alberto—. Está como Julián, creyendo en cuentos. Esos solo son cuentos.

Julián empezó a sentir un temblor por todo su cuerpo y volvió a tener el presentimiento de que algo raro pasaba en aquel lugar.

Alberto había pensado pasar la noche en la casa mientras terminaba de reparar, pero el miedo que sentían Pedro y Julián lo hizo dudar un poco; entonces prefirió irse con sus amigos y regresar al día siguiente.

Esa noche, María estuvo peor que todos los días, no dejó de gritar en toda la noche. Uno de los enfermeros, quien se había acercado para ver qué le pasaba, se quedó frío al llegar a la habitación, no podía creer lo que estaba viendo: la mujer tenía la mirada como el mismo demonio, sus ojos echaban fuego, sus brazos se doblaban de una manera que no era para nada natural.

El enfermero estaba paralizado, por lo que no pudo zafarse cuando María lo tomó por el cuello y lo lanzó con mucha fuerza hasta la puerta. Cuando reaccionó, como pudo se paró y salió gritando de la habitación, llamando la atención de otros enfermeros quienes lograron llegar hasta la habitación y cerraron la puerta para que no saliera. Inmediatamente se comunicaron con el médico que llevaba el caso de María y le explicaron la situación que se estaba presentando con la pobre mujer. Cuando éste llega a la habitación se da cuenta de lo que está pasando y de que era el único que podía ayudarla ya que ella no contaba con nadie más.

Eduardo, su médico, el no creía en cosas paranormales, pero tenía una amiga que era bruja y siempre le hablaba de esos temas, así que no le quedó de otra que ir a hablarle y llevar a su paciente para ver qué podía hacer por ella.

Cuando llegaron donde Herminia, Eduardo le informó lo que estaba padeciendo María; ella enseguida le dijo que estaba endemoniada.

—Eduardo, amigo, es muy peligroso que tengas a esa mujer aquí. Puede morir.

—Por eso estoy aquí, Herminia. Necesito tu ayuda. Ya no sé qué hacer con esta paciente, y le tengo compasión. No tiene ningún familiar, solo tiene a su exesposo, pero luego de que ella enloqueció, la abandonó y la dejó encerrada; jamás quiso saber más de ella. Por eso estoy aquí. Te suplico que, por favor, la ayudes.

—Es un caso muy delicado, amigo. ¿Por qué no la llevas a un cura? Hay uno en el pueblo que conoce de esas cosas, él podría ayudarte, ya lo ha hecho antes. Yo no me atrevo, podría arriesgar mi vida. Llevarlos con el cura, es lo más que puedo hacer por ella.

Eduardo quedó de acuerdo con su amiga y ella los llevó donde el sacerdote Anselmo, quien tenía años en el pueblo y conocía todas las historias por haber.

Cuando ingresaron a la iglesia, Herminia le dijo al monaguillo:

—Buenas tardes, disculpe. Queremos hablar con el padre Anselmo.

—Creo que en estos momentos no puede atenderlos está en su siesta y es imposible despertarlo.

—Por favor, se lo suplico, es de vida o muerte. —Le rogó pedir al muchacho viéndolo fijamente.

—Bueno, veré qué puedo hacer.

Al rato, apareció el padre con cara de preocupado, los observó, les echó su bendición, y les inquirió:

—¿Qué es eso tan importante que tienen qué decirme? ¿en qué puedo ayudarles?

—Buenas tardes, padre. Un gusto en conocerlo, soy el doctor Eduardo, médico del centro de rehabilitación que está en el pueblo.

El sacerdote sorprendido, se inquietó:

—Sí, dígame.

—Padre, tengo un gran problema. Es una paciente que se encuentra internada en el hospital con síntomas de demencia, es lo que nosotros como médicos hemos evaluado. Pero… lamentablemente… se lo digo como persona, no como médico; que esa pobre mujer tiene algo más.

—¿Qué me quiere decir con algo más?

—Bueno, padre Anselmo; me cuesta mucho decirlo, por mi posición no suelo creer en estas cosas, pero… creo que esta mujer está endemoniada. No podría ser otra cosa, y creo que usted es la única persona que podría ayudarla. Tengo entendido que usted ayudó a una persona con el mismo problema hace muchos años atrás.

—Sí, así fue, pero yo ahorita no me siento preparado para esas cosas. Lo siento, creo que no puedo ayudarlos.

—¡Por favor! Se lo suplico, esta muchacha puede morir.

El cura se quedó meditando un momento y luego accedió:

—Bueno, veamos qué se pueda hacer por ella, pero no les aseguro nada.

El anciano Anselmo sabía la historia de la casa de María, pero no quiso mencionarlo, prefirió quedarse callado. Simplemente se limitó a quedar con ellos de encontrarse nuevamente en el centro de rehabilitación.

Amanecido el nuevo día, Alberto se dirigió de nuevo a la casona a terminar sus labores de remodelación. Fue a buscar a sus amigos, pero Julián no quiso ir; estaba muy asustado. Pedro, por el contrario, sí lo acompañó y Alberto buscó a José como reemplazo de su anterior ayudante.

En el hospital, el doctor Eduardo esperaba ansioso al padre Anselmo; su amiga también participaría en el encuentro con María. En ese momento les informaron que el padre ya venía entrando. En toda ocasión trataron de hacer todo muy discreto para que ningún otro médico se enterara de lo que hacían, ya que eso no era permitido. Sacaron a María a una habitación lejana. El doctor sabía que estaba violando las normas, pero no podía permitir que la mujer siguiera padeciendo.

Al entrar, el padre los saludó, les echó la bendición y les preguntó:

—¿Están preparados para lo que van presenciar?

Eduardo y Herminia se miraron y respondieron al unísono:

—Preparados.

Llevaron al padre al cuarto, que se encontraba un poco alejado de los pacientes por seguridad, donde estaba María. Cuando la vieron, la bruja se quedó paralizada.

—¡Dios!, pobre mujer. —Se inquietó.

El padre los detuvo y no los dejo continuar. María tenía la cabeza doblada, como si le girara. Estaba sentada en el piso, con ambas manos en sus dos piernas. Se veía muy lastimada. El sacerdote, lo primero que hizo fue sacar su crucifijo, y poco a poco fue a cercándosele con la cruz en las manos mientras hacía sus oraciones para tratar de volverla en sí, pero entre tanto él le oraba, ella se puso más furiosa y empezó a gritar. Sacó unas fuerzas extraordinarias y le dio tal empujón que terminó centrándolo en el piso.

En la casona, Alberto estaba con sus amigos haciendo los arreglos, pero no se imaginaban que algo espantoso estaba por suceder.

Eran las 11 a.m. cuando, de repente, entró una fuerte brisa que los hizo temblar a los tres. Pedro, quien estaba sentado arriba del techo, quedó guindando en una madera y casi cae al piso; como pudo se sostuvo y volvió donde estaban los demás. El pequeño equipo intentó arreglar las paredes pero la verdad era que estaban muy nerviosos por lo que casi le pasa a su compañero.

Hubo un momento en el que todo quedó en silencio y, en ese mismísimo instante, sienten que la lámpara de la sala empieza a moverse; era inmensa y se bamboleaba por toda la sala. José se puso muy nervioso, salió corriendo hasta donde estaba Alberto y se quedó parado a su lado, pero de repente, siente que se desprende la lámpara del techo. Como pudo corrió hasta la entrada principal, pero Alberto no lo logró, la lámpara le cayó encima y lo traspasó, matándolo en seco. Pedro bajó inmediatamente y salió disparado junto con José de aquella casa; ambos estaban pálidos. Ya cuando se sintieron seguros de estar lo suficientemente lejos, se sentaron y empezaron a rezar, dándole gracias a Dios por estar vivos todavía. No podían creer lo que les había pasado.

Alberto pagó todo lo que le hizo a María.

En la habitación más recóndita del hospital, Eduardo, Anselmo y Herminia lucha-
ban por salvar a María, peleando contra el espíritu que tenía la mujer. En un momento, le gritó su amiga al doctor:

—¡Cuidado!

Él, como pudo se esquivó. María había tomado la mesa grande y se la había
lanzado.

—¡Dios! Casi me la pega.

María era un monstruo, estaba irreconocible. Pero el cura seguía luchando por
ella, hasta que por fin sintió que empezaba a cambiar su rostro. Estaba con la cabeza
dentro de sus piernas. El padre le puso la cruz directa a los ojos haciendo que se
retorciera de dolor. Entonces, cayó desmallada a sus pies, él la tomó de los brazos
y le echó la bendición.

La mujer empezó a despertar y se quedó mirándolos a todos. No sabía dónde
estaba ni qué le había pasado; estaba aturdida. Hacían cinco años que María no era
consciente hasta ese momento, salvo por los cortos minutos de lucidez que tenía
de vez en cuando.

—¿Qué hago aquí? ¿Dónde está Alberto? ¿Por qué no estoy en mi casa?

El doctor la miró fijamente y le contestó:

—Tengo qué explicarte muchas cosas.

La abrazó, la llevó hasta su recámara y le comentó todo lo que había pasado
durante esos cinco años que estuvo internada.

El padre, sabiendo el secreto del misterio de aquella casa, decidió confesarle a
María la verdad: sus abuelos tenían un sótano donde hicieron mucho daño a una
gran cantidad de gente. Sacrificaban fetos, los descuartizaban y los ofrecían como
pago a sus demonios para lograr sus objetivos. *Doña* Margó continuó lo que hacían
sus padres, igual que ellos hacía sus trabajos oscuros, pero nunca le mencionó nada
a María porque consideraba que ella era muy débil. Aun así, lo peor no fue eso…
doña Margó vendió a su propia nieta a cambio de mucho más poder.

Al escuchar toda la historia, la mujer se fue en llanto. No podía creer lo que
escuchaba. Había quedado marcada para toda su vida.

María abandonó su casa y nunca quiso saber más de ella. Prefirió irse lejos y empezar una nueva vida, lejos de todo el terror que había vivido todos esos años.

EL DÍA QUE IMAGINÉ

Por: Martina Estevan

Este es un relato sobre el día más esperado y temido de cualquier persona. Así como lees. No es una historia que hable de mí, habla de todos. Si bien es difícil abarcar algo que asuste a cada lector y a la vez lo entusiasme, esto en definitiva sucede aquí.

Ese día me desperté, y nada era igual a la mísera realidad que jamás alcanza las expectativas. Este día era exactamente mis expectativas, mis fantasías, mi realidad.

Lo primero que pensé cuando abrí los ojos fue: «espero no haya sonado la alarma, hoy no puedo llegar tarde al acto de egreso de Lucas». —Lucas es mi hijo, tiene 5 años, terminaba el jardín esa mañana—. Miré el reloj: definitivamente estaba atrasada. Busqué verificar que la alarma no funcionaba, pero me encontré con que estaba totalmente correcta, y en el horario correspondiente. Pudo haber sonado y yo haberla ignorado, pero eso jamás sucedía, mucho menos cuando estaba preocupada por un horario particular.

—No importa. —Me dije a mí misma—. No hay tiempo para quejarme.

Me bañé a las corridas y salí. De un brinco me hice un café para llevar «espero no esté muy caliente», pensé, «me llego a volcar esto en mi vestido blanco y lo arruino». Subí al auto, rumbo al salón donde era el evento. Me quemé con el café, y en el salto, me manché el vestido arruinándolo por completo.

«Bueno», pensé, «¿qué tal si ahora un milagro me cruza un traje de mi talle para no pensar que soy la más desgraciada de esta tierra?» —Adivinen si eso sucede en la siguiente cuadra que aproximo—. Avancé lentamente hasta frenar por completo en el semáforo, y un niño que desconozco me tocó la ventana. Bajé el vidrio, sin saber muy bien por qué lo hice. Y él me dijo:

—Hola, señora, le regalo este vestido, puede hacer con él lo que se le dé la gana, es de mi hermana, pero ella me escondió algo muy preciado, y ahora no lo verá nunca más.

El semáforo cambió de color y rápidamente el niño salió corriendo en dirección opuesta. Me tocaron las bocinas, no tuve opción, avancé con el vestido. Lo saqué de una bolsa muy precaria en la que se encontraba la tela, y descubrí casi tan emocionada como incrédula, que este era mi vestido, de mi talla y de un blanco reluciente.

El acto de mi hijo fue tan increíble como lo imaginé, todos estaban ahí. Su padre, del que me estoy separando —en los malditos "buenos términos"—; Ampi, su hermana que pasa por un extraño momento no comunicativo; su tía Claudia (mi excuñada); y Ámbar, la amiga de mi hija que es parte de la familia.

Entre medio del acto se me cruzó un pensamiento que siempre tengo en estas ocasiones: «¿cómo puede ser que nadie llore en estos momentos? deberían estar todos con el corazón estallado y lágrimas en los ojos».

Y así sucedió, seguidamente, la gente empezó a emocionarse y sollozar, se agarraban el pecho dramatizando tanto, que me pareció una exageración al borde de lo tragicómico. La gente se abrazaba, se agarraban de las manos, comentaban sobre el encanto del acontecimiento. Mi hija lloraba, su amiga lloraba, su padre lloraba, Claudia también. Esto ya sonaba de por sí extraño, pero más aún cuando comencé a observar que el fotógrafo contratado estaba muy conmovido; el hombre que limpiaba hacía minutos el escenario de muy mala gana, ahora estaba petrificado y conmocionado. La gente, todos y cada uno de los presentes estaban movilizados. Incluso los niños de apenas cinco años recién cumplidos, aquellos que se encontraban hacía unos segundos jugando y charlando, ahora lloraban de emoción.

Si bien, nunca se me ocurrió que tan alocada situación fuera trabajo de mi imaginación vuelta realidad, me empecé a incomodar tan solo por el temor que le tenía a mi mente. Ya mis fantasías por momentos me incomodan, pero si se hicieran realidad…

De repente, pensé en ese dicho tan absurdo que repetía mi madre:

—Cuidado con lo que deseas, que se te puede cumplir.

Algo como esto es lo que me espantaba, cada vez más.

Fugazmente, acto seguido, Claudia comenta una de sus típicas frases desagradables al estilo «espero que este circo finalice rápido porque es un embole».

Tiemblen lectores, porque si la realidad aún no es demasiado sanguinaria sin llegar a convertirse en una novela de Stephen King, ahora yo la ayudaría a acercarse un poco. Pensé —y esto incluso fue un tanto voluntario—: «afortunados todos si Claudia se callara la boca para siempre». No llegué a matarla con este pensamiento, pero su boca de repente estaba cosida, vulgarmente cosida, como si Fredy lo hubiese realizado con sus propias manos un viernes 13. La gente no podía creer lo que veía. Claudia se desesperó tanto que se arrancó los dos labios en un milisegundo de manera descarada y exquisita, pero tampoco luego de hacer eso logró emitir sonido. Comenzó a desangrarse, todos se subieron a sus autos rumbo a la guardia.

En fin, se imaginarán ya ustedes las malas pasadas de la imaginación. Y cómo la realidad, al costo que acostumbramos, está tan inyectada en nuestras venas que se nos vuelve difícil valorarla y menospreciarla en el mismo nivel.

No llegué aún ni al mediodía del día que imaginé. Pensé: «ahora que soy capaz de todo, la vida será más fácil». Pero luego, continué para mis adentros: «¿por qué ilusionarme en vano, si hasta ahora todo va terriblemente?». Incluso es un tanto desesperante no imaginar que todo saldrá más mal que bien.

Todo empeoró en ese mismo instante en el que me propuse controlar mis pensamientos —porque la cosa funciona siempre así: "no pienses más" significa en este punto un "prepárate para lo que viene"—.

Salí corriendo en dirección al auto, sin mediar palabras ya, por miedo a generar pensamientos que ocasionaran un nuevo estallido ahí mismo. No me despedí, no felicité a Lucas, no intercambié ni un suspiro con Mauro, tampoco con mi hija. Simplemente hui más entera de lo que reconozco.

Ya dentro del auto, más tranquila, reflexioné con un grandísimo miedo al fracaso de esos pensamientos. Y volví a considerar, como en tantas otras situaciones: «únicamente mi mamá sabría qué hacer, si tan sólo estuviera acá». —Les soy sincera, esto no fue a propósito, realmente me agarró desprevenida—. Pero sí, mi madre, en vida, estaba parada frente a mi ventana del auto; sus ojos, su pelo, su cara, su ropa; ella. Después de cuatro años y medio, ella. Mamá. Repito, parada frente a mi ventana. En este instante todo valió la pena, incluso si me estuviera volviendo demente, esto lo valió. Gracias a mí misma por no estar segura de estar enloqueciendo, porque entonces eso quizás se hubiera vuelto un hecho.

Pero en ese instante me detuve en un limbo de desentendimiento, que no me interesó resolver tampoco. Me bajé del auto sin recordar absolutamente ningún acontecimiento de lo que había ocurrido en el día. Era extremo, la vivencia era excesiva por donde la mirase, porque podía tocarla. Le toqué la mano primero —un poco temerosa de su reacción—, pero luego su olor y su voz me dejaron sin aliento. Impresionante. Ella no dijo nunca nada, a decir verdad, supongo que esto fue acto de mi total freno de pensamientos, claramente yo debía imaginar sus palabras para darle espacio a que sucedieran.

El asunto es que mamá estaba vacía, alcanzó con mirarla fijamente a los ojos durante unos minutos luego de la taquicardia del primer instante. Sus ojos eran blancos, casi tanto como su piel. Y el contacto que me maravilló segundos atrás, ahora era duro, helado, su mano se deshacía en las mías. Su perfume no era como lo recordaba tampoco, era más bien putrefacto. Las uñas de sus manos tocaban el piso, su pelo no era pelo, sino simulaba más bien ser un cadáver que estuvo bajo tierra al menos cinco años. Me recorrió un temblor por todo el cuerpo.

Y entonces lo entendí: nada de esto tuvo sentido realmente. ¿De qué iría mi vida si sucediera exactamente lo que deseo? ¿Y si dejara de sorprenderme por las atrocidades y alegrías inmensurables que acontecen? ¿Llegaría acaso tan lejos de planear vidas enteras con mi imaginación, y construir así grandes murallas alrededor de las personas que me importan, murallas que impidan arriesgar, y aseguren la conformidad; o, en el extremo opuesto, una vida tan impulsiva para todos nosotros, que cualquiera se perdería fácilmente?

«Lo arruinaré todo», pensé, «como sea, lo arruinaré», sí que pensé. «Ojalá no hubiera pasado nada de esto. Y ojalá mis pensamientos no fueran armas de doble filo». «¿Por qué no llegué a un mejor acuerdo con anterioridad, entre el gigante de mi imaginación y el pulgarcito de mi valentía real para actuar», «ambos rebelándose en simultáneo…». Razoné: «nada de esto habría pasado si me hiciera cargo de los problemas».

Y así como así, desperté.

El día que imaginé empezó nuevamente, la alarma sonando sin confusiones. El vestido blanco, intacto. El café y la ducha a tiempo. Mi mamá en un portarretratos.

Ahora sí me levanto, que mi día suceda.

EL ÁRBOL DEL VAMPIRO

Por: Elena Gallardo

Avanzo despacio. Me repito a mí mismo, una y otra vez, que no hay nada qué temer, este lote baldío ha estado abandonado desde que tengo memoria, solo es una mala pasada de la linterna que me hace ver seres deformes donde no los hay. Los árboles son tan anchos que, con un par de pasos, he quedado fuera de la vista de cualquier transeúnte. Lo que menos quiero es que alguien me vea, que alguien me reconozca. Para eso es el pasamontaña, pero aun así podrían hablar a la policía y entonces sí sería mi fin. Hasta ahora he logrado esquivarlos, mi madre tiene la orden de decir a cualquiera que me busque que no vivo ahí.

—Embaracé a Mariel y a pesar de sus protestas, la llevé a vivir a casa.

Es mi coartada para cualquier momento y lugar, además de que mi podre madre, enferma y discapacitada, necesita compañía y qué mejor que mi mujer para que la cuide y atienda.

Ambas lo saben, fui incriminado por esa estúpida zorra. ¿Acusarme de violación después de todo lo que hice por ella? ¿Después de darle una hija? ¿De darle sentido a su vida?

Golpeo las escasas ramas bajas que hay a mi paso.

—¡Esa maldita!

Pero esto no se va a quedar así, tarde o temprano volverá suplicando perdón, lo sé. Es mía, solo es cuestión de tiempo. Después de lo que pasamos, de lo que vivimos, no puede estar sin mí, yo soy su felicidad, ella no es nada sin mí. ¿Quién la querría con una niña? ¿Con *mi* hija? Otra estúpida zorra qué mantener. Cuento los minutos, para verla de nuevo. Ruego a todos los santos que conozco para que la crucen en mi camino, para que la pongan a mi alcance.

Por eso estoy aquí. Prometieron dinero fácil, una cantidad de cinco dígitos. Conozco a unos cuantos que, con menos de la mitad, la traerán a mí y entonces sabrá lo que es el dolor, tengo todo planeado. Sobo el bulto en mi entrepierna. Es increíble lo que causa y eso que solo lo estoy imaginando. Avanzo silbando feliz; ya puedo saborearlo.

Pongo manos a la obra cuando creo haberme adentrado lo suficiente. El olor a gasolina me golpea al ir vaciando los bidones, calculo haber llegado al centro, aunque no creo que tenga mucha importancia. Me detengo al percatarme del silencio, ni un solo pájaro canta aquí, la luz que se cuela del espeso follaje es tan escasa que me alegro de haber traído la lámpara.

Arrojo el cerillo y la llamarada es instantánea. Debería irme ahora, salir de aquí antes de que algún buen ciudadano llame a los bomberos al ver la humareda. Pero el espectáculo es tan inspirador… ¡Ese es el final que estaba buscando! Para cerrar con broche de oro la quemaré viva. Ya puedo escuchar sus gritos…

Las llamas devoran el árbol con tal perfección que no quiero dejar de mirarlo. Contemplo el espectáculo con la intención se salir corriendo al escuchar la primera sirena, que, para mi fortuna, no aparece. Retrocedo cuando las ramas comienzan a resquebrajarse. El árbol cruje y un líquido obscuro escurre de las fisuras, antes de romperse por la mitad. La luz de la luna inunda el lugar dándole un toque surrealista. Es como esas películas antiguas en blanco y negro. Mi corazón se detiene cuando me percato de su presencia. Me ha descubierto.

Suspiro aliviado al verlo detenidamente, es solo un vagabundo con las ropas rasgadas. Se tambalea a cada paso, es tan viejo que es imposible calcular su edad, un pobre diablo, flaco hasta los huesos. Me acerco a él, mientras el plan va tomada forma en mi mente. Esto será como un breve calentamiento antes de Ana María. Solo debo ser rápido, preciso, las llamas se encargarán del cuerpo y cualquier evidencia en mi contra.

Retrocedo cuando intenta alcanzarme, el infeliz piensa que vengo a ayudarlo, esto es tan irónico. Recojo una rama, que uso para azotarlo. Me detengo aterrado al escuchar el aullido de rabia. Soy un tonto. Debe ser algún animal defendido su territorio, lo cual es más irónico, en unas horas, no habrá nada qué defender, todo esto se convertirá en cenizas.

Golpeo al anciano un par de veces más, esto es tan aburrido. Solo espero que con ella sea diferente, quiero que sufra, quiero contemplar cómo desaparece poco a poco su esperanza, cómo agoto una a una sus opciones de escapar de mí. Debe estar inconsciente o muerto, no se mueve, no emite ningún sonido y tal parece que no respira, así que sí, debe estar muerto. Lo tomo de la pierna y lo arrastro hacia el fuego ¿Cómo alguien tan miserable puede pesar tanto? No puedo acercarme mucho por la emisión de calor, pero las llamas se extenderán y lo consumirá a él también. Es hora de irme.

Maldigo mi torpeza al tropezar:

—¡Esas estúpidas ramas!

Me enderezo, pero por más que sacudo la pierna no logro zafarme, al contrario, el agarre parece cerrarse más y más, incluso puedo sentir la mezclilla húmeda, tengo que salir de aquí ahora mismo.

¿Cómo puede ser posible? Me quito el pasamontaña pensando que es una alucinación por el calor que me rodea, me tallo los ojos cansados con fuerza, pero al volver la mirada, sigue ahí. Sujetándome. Con esa mirada vacía que me pone la piel de gallina. Entonces sonríe de manera siniestra y me quedo paralizado.

Lo golpeo con todas mis fuerzas un par de segundos después, lo que tardo en reaccionar. Pero él ni se inmuta, sigue avanzando, arrastrándose hacia mí, sobre mí. Llega a mi pecho y puedo sentir cómo mis huesos se rompen bajo su peso. El dolor me atenaza y no puedo respirar. Su mandíbula se retrae dejando a la vista los colmillos...

Mi mente viaja en el tiempo. Años y años hasta llegar a mi niñez, cuando mis padres salían y Virginia tenía que cuidarme. Me quedaba en su habitación, hecho un ovillo bajo la manta, para ocultarme de sus muñecas que me seguían con la mirada aun en la oscuridad, mientras ella contaba horribles historias para "dormir". Recuerdo una en particular:

> "Comenzaron a desaparecer de manera extraña animales pequeños, entre perros y gatos. Seguidos por cuerpos de niños y doncellas, que se encontraron sin una gota de sangre y lo más extraño, sin signos de violencia.
>
> Los habitantes de Guadalajara, desesperados por la nula respuesta de las autoridades, se organizaron ellos mismos para dar caza al asesino. Guiados por un gitano, pusieron una trampa al vampiro. Dejaron a un niño *(pequeño, justamente como tú, sus favoritos)* solo en medio del parque. Armados con cruces y estacas lo persiguieron y acorralaron hasta atraparlo, juró venganza.
>
> Le clavaron la estaca y lo enterraron. Al día siguiente, un árbol había brotado sobre la tumba improvisada del monstruo...

No, no puede ser, lo enterraron en el panteón, lo recuerdo perfectamente. Fue en el panteón, no en un parque, baldío o terreno... Clava sus afilados dientes en mi cuello y sé que es mi fin, en mi mente retumban las palabras de mi hermana que disfrutaba asustarme...

> ...Cuenta la leyenda, que el día que por fin el árbol se caiga, ese día se liberará nuevamente el vampiro para vengarse del pueblo que lo encárelo.»

ENTRE ÁRBOLES Y SANGRE

Por: Mónika Velasco

En ocasiones, requerimos ver nuestras acciones a través de otros ojos.

Aún sigues aquí a pesar del frío que puedes sentir. Te encontrabas fuera de este mundo cuando comencé a cortarte, y ahora que estamos aquí ya le das la importancia que se merece, pero aún no emites ni un sonido.

Eres atosigante al mirarme de esa forma, me desconcentras de las gotas de sangre que se escurren a través de tu cuerpo. No estás sufriendo, tus cortes no fueron profundos ni mortales. Deberías sentirte afortunado y disfrutar de esa sensación tan placentera, después de todo, es tu sangre la que llega a caer hasta el suelo.

La forma en la que te encuentras era la misma que la de mi hermano, no me importa el tiempo que haya pasado, aún lo recuerdo muy bien. Colgado boca abajo, atado con ira por varios cables de cobre, la única diferencia es que su piel se encontraba destrozada y cortada, así como todo su cuerpo, tenía ese aspecto de haber sido cocinado vivo como un simple trozo de carne.

—¿Te gustaría charlar un poco? —pregunté sin obtener ninguna respuesta de su parte—. ¡Oh vamos! Tú estás allá arriba y yo estoy aquí sentada, por favor, ambos estamos aburridos.

El almacén permaneció en silencio. Ese desconocido ni siquiera se esforzó por responder o al menos hacer un gesto de desprecio, solo se quedó ahí observándome y ya.

Te desprecio. Te odio. Te quiero muerto.

Suficiente, tuve que esperar mucho tiempo para poder tener otro trabajo, ya no podía esperar para volver a tomar otra vida más con mis propias manos. No necesitaba esperar a nadie, la noche se aproximaba y aún había mucho por hacer.

Me levanté y después arrojé la silla hacia la pared con mucha furia, provocando que el sonido del impacto comenzara a retumbar por las paredes. Sin dejar de mirarlo, liberé la cadena y, de forma pausada lo fui acercando al suelo, no me servía tenerlo tan alejado de mí, tal vez así dejaría de fingir y comenzaría a hablar conmigo.

Su respiración se encontraba normal cuando al fin me acerqué a él, fue una pena que lo arruinara por el golpe que le di en el pecho, incluso pude percatarme de un pequeño gemido con algo de dolor, pero todavía no era suficiente.

—Ahora sí te dignaste a hacer algo. —Le reproché mientras estiraba su cabello para poder arrancárselo.

No importaba cuánto lo maltratara, siempre dejaba su mirada fija en mí. Ya era momento de jugar.

¿Cortar? Ya lo había hecho, aunque esta vez podría hacerlo más profundo para exponer algunos de sus órganos.

¿Quemar? De esa forma tendría que gritar de agonía e inundaría el almacén con esa mezcla de aromas y gritos tan placenteros.

¿O tal vez golpearlo? Los preparativos ya estaban listos al tenerlo colgado ahí, solo me hacía falta tomar alguna barra de metal para poder comenzar.

Una buena decisión siempre venía a mí al sacar mi cuchillo para comenzar a entretenerme con él alrededor de su cuello, ronzándolo en ciertas ocasiones de la forma más delicada que podía para no provocarle ningún corte. Posiblemente lo mejor era alternar las opciones que se me ocurrieran antes y durante el juego. Entre más opciones tuviera a mi disposición, la diversión sería mayor para ambos.

Le sonreí al colocar el filo en su mejilla y después se lo encajé para trazar una herida que pudiera llegar hasta la altura de su frente. El hombre gritó y algunas lágrimas comenzaron a brotar de él. Me detuve por un momento para poder admirar esa escena, unos momentos como esos debían de ser recordados.

Estaba a punto de proseguir cuando un escalofrío recorrió mi espalda.

—¡Eztli! —gritó una voz desde la lejanía.

¡Genial!, no se aparece en tres horas y ahora había escogido el peor momento para aparecerse como fantasma.

—¡Ilán! No pensé que se te ocurriría regresar a esta hora —respondí con una agradable sonrisa mientras volteaba en su dirección.

Sus ojos emanaban un odio puro, no se veía muy contento conmigo. Se me acercó a un paso apresurado mientras que lentamente guardé mi cuchillo para evitar provocarlo. El silencio cambió por el sonido de sus pisadas junto con la mezcla de su respiración entrecortada que se hacía más potente al aproximarse.

—¿Qué crees que estás haciendo? —preguntó entre dientes.

Su mirada era amenazadora, pero yo solo lo vi como algo adorable de su parte. No pestañeó ni un segundo desde que regresó, de seguro estaba muy ansioso por empezar, fue muy desconsiderado de mi parte.

—¡Oh! Lo siento mucho —respondí—. No debí de haber empezado sin ti, pero no te preocupes, aún queda mucho por hacer.

—¡Ya deja de jugar! —Me interrumpió alzando la voz—. A nosotros no nos concierne esto. ¿No ves lo delicado de toda esta situación?

—Tú fuiste quien lo atrapó, yo no. Además, a nuestro amigo no le molesta y limpiaremos todo cuando terminemos.

—No creo que estés entendiendo —respondió algo decepcionado.

Sacó de sus bolsillos un pedazo de periódico arrugado y lo arrojó a mis pies.

Mi mirada hacia él fue una mezcla de confusión y burla. A pesar de ello, tomé ese trozo de papel algo sudoriento y lo leí.

—Gracias por darme este pedazo de noticia, tiene un olor muy encantador —dije irónicamente mientras volteaba el papel en busca de algo más interesante.

Ilán resopló, quitándome rápidamente el papel de mis manos para guardarlo de nuevo. Me miró por un momento y luego se tomó la cabeza mientras que sus manos temblaban en ella. Su estado me hacía recordar a un objeto que se encontraba a punto de explotar, faltando así su detonante para ponerle fin a todo. Se tomó unos segundos para calmarse y después me hizo a un lado para alejarme del hombre que se encontraba colgado.

¿Qué carajos le pasa? No solo le bastó con quitarme mi diversión y mi lectura del día, ahora se comporta conmigo de esa forma. Está más insoportable que de costumbre.

—Ilán, ¿qué te pasa? —Le pregunté mientras le dirigía una mirada llena de tristeza.

Tal vez podría ser un tipo completamente engreído e insoportable en ciertas ocasiones, pero de verdad estaba preocupada por él. Nada de lo que había hecho los días anteriores había sido de su agrado a pesar de que mis acciones no hubiesen tenido relación con mis juegos como en ese momento. Yo solo quería animarlo un poco y que hablara conmigo como antes.

No hizo ningún movimiento o gesto que denotara alguna respuesta de su parte. Me dio la espalda para dirigirse a la cadena y regresar al sujeto en su lugar. Al regresarse hacia mí solo me ofreció una mirada con preocupación y me tomó de las manos.

Habíamos atravesado muchas situaciones arriesgadas, pero ahora sí temía por nuestras vidas. Al sentir el calor y la suavidad de sus manos no pude evitar imaginarme lo pacífica que hubiera sido su vida de no ser por aquel día del reclutamiento. Lo único que podía hacer era agradecer por tener a alguien tan bueno como él a mi lado, brindándome una linda familia y una protección mutua de por vida.

—Eztli...—susurró y después me tomó de los hombros—. Escucha, sé que te gusta leer, pero no te traje el periódico completo porque me venían siguiendo...

—¿Qué? Dime por favor que no vieron tu rostro, solo sospechan de ti, ¿cierto? —inquirí con preocupación.

—Oye tranquila, todo está bien. Fue algo casual, nadie me vio por completo ni me hicieron daño, solo me siguieron por un rato y después se fueron. Y, no te preocupes, nadie me siguió hasta aquí.

Sus palabras no fueron tan reconfortantes como esperaba y mis gestos fueron tan evidentes para él, que no dudó en acariciar mis hombros y luego me acercó más a él.

—Lo digo en serio, estoy bien. —Me afirmó con una cálida sonrisa.

—Yo sé que estás bien —masculló—. Ya hemos pasado por esto, es solo que hace unos días estábamos bien…

Y ahora solo nos tenemos que ir a otro lugar de nuevo, u otra opción sería escondernos en el dichoso pozo hasta que la calma regrese, salgamos a la luz por unos días y esperar a que el ciclo se repita de nuevo. No era justo ni tampoco divertido.

—Ya no pienses en eso, lo importante ahora es lo que decía la nota. No creo que debamos seguir aceptando este tipo de trabajos.

—No podemos hacer eso, ya lo habíamos hablado, es algo imposible de cumplir y menos que salgamos con vida.

Ilán se alejó de mí para observar al hombre que habíamos capturado. No importaba cuántas veces lo llegáramos a intentar, nunca lograríamos librarnos de todo eso. La única salida posible era que todos ellos murieran por su edad o fueran asesinados, y si eso pasaba, ¿cómo íbamos a ser capaces de empezar de nuevo?

Ambos nos quedamos en silencio por un momento. Sus ojos reflejaban algo de lástima por aquel hombre. Nuestros trabajos nunca fueron honestos, pero al menos no le hacíamos daño a otros, y menos a gente inocente. Muchos no tuvieron esa misma suerte que nosotros, al menos eso fue lo único bueno que nuestro líder nos llegó a brindar.

—Quieres bajarlo de ahí, ¿no es así? —Le pregunté.

—De igual forma no ha llegado nuestro líder y ya casi oscurece, no es bueno que nosotros sigamos por aquí, tal vez debamos…

Las palabras de Ilán fueron interrumpidas por un estruendo que provenía fuera del almacén. Ambos volteamos al instante mientras sacábamos nuestras armas en caso de que alguien hubiera llegado para atacarnos.

—Eso fue demasiado fuerte —afirmó Ilán. Sus ojos comenzaron a ir de un lado a otro, observando cada dirección del techo y las paredes—. Debemos irnos, no hay tiempo para investigar, solamente bajemos al hombre y busquemos refugio.

—¿Sin el líder? No me entusiasma mucho estar con él, pero debemos seguir sus órdenes.

—Vamos a terminar muertos si seguimos sus órdenes, la criatura que mencionaban en el periódico no es la única que existe, ya han aparecido más de esas cosas.

La aparición de nuevas criaturas representaba más problemas para nosotros. Aumentaba de una forma radical nuestras probabilidades de ser asesinados y devorados por ellos, según como lo especulaban los medios.

¡Por fin todos podían tener ese gran honor de largarse de una buena vez! Si nuestra muerte estaba más cerca de lo que esperábamos, entonces las últimas acciones que haríamos serían solo nuestras. Solo eso, unos segundos de libertad.

—Bien —masculló—. Solo bajemos a este tipo y huyamos de aquí.

En ese instante un ligero quejido se escuchó arriba de nosotros y después el sonido de un impacto contra el suelo. Ambos nos quedamos quietos por un momento mientras intentábamos asimilar qué hacer. Ilán fue el primero en actuar y me realizó una seña para que yo le echara un vistazo a lo que había en el suelo mientras que él se hacía cargo del techo. Asentí sin ningún tipo de oposición y solo sujeté mi cuchillo con más firmeza.

Mi estómago se estremeció al girarme lentamente en su dirección. No pude evitar sorprenderme al toparme con un pequeño charco de sangre donde, en su centro, yacía un pedazo de brazo. Al observarlo con mayor detenimiento me concentré en la parte de su herida, la cual se encontraba desgarrada y exhibiendo un hueso roto.

El pequeño charco no se encontraba en calma debido al goteo de sangre que provenía del techo. Al no tener ninguna respuesta de mi compañero opté por averiguarlo por mi cuenta.

Aquel hombre que habíamos colgado ya había muerto. Su cuerpo yacía ahí, meneándose ligeramente de un lado a otro. Había sido atravesado por varias varillas a lo largo de su tronco, así como su cuello y ojos se encontraban destrozados. Ya no tenía ninguna expresión en su rostro, lo único que podría transmitirnos algo era su boca, la cual ya había sido reemplazada por las tijeras para podar que le habían incrustado.

Miré a Ilán esperando alguna respuesta de su parte, pero él solo se encontraba petrificado, probablemente del miedo que sentía en esa situación.

—Vamos, Ilán, debemos irnos y hay que hacerlo ahora —le afirmé y después comencé a jalarlo del brazo, pero no importaba la fuerza que utilizara, no podía moverlo ni un centímetro—. Ilán, por favor, debemos irnos, no puedo irme sin ti y tampoco puedo pelear por ambos —le supliqué mientras que mi tono ya comenzaba a mostrar algo de nerviosismo—. Maldita sea ¡solo di algo! No te quedes ahí nada más.

—Ya no podemos —murmuró sin apartar su vista de lo que quedaba del cuerpo.

—¿Ahora qué es lo que murmuras?

—Primero tenemos que bajarlo.

—Dime que estás bromeando. Este no es un buen momento para hacer una buena acción y honrar la memoria de alguien, y menos de alguien como él.

—Eztli, solamente mira su estado.

Tomó mi cara y la dirigió en dirección al cuerpo mientras que él observaba a nuestro alrededor con mucha precaución.

—Recuerda esto, un solo quejido salió de él. Un solo quejido por todo ese daño. No tiene ningún sentido —añadió mientras sus manos temblaban y liberaba la cadena para que el cuerpo cayera por completo—. Esto ocurrió en un instante mientras nosotros estábamos aquí, fue un trabajo demasiado limpio y sigiloso para alguien normal. Solo piénsalo, para que esto pasara sin que el hombre gritara o llorara de dolor fue porque murió al instante, un golpe mortal y limpio que provocó ese único sonido, y en menos de un suspiro le siguió el resto.

Apreté mi cuchillo con más fuerza debido al miedo que comenzaba a invadir mi cuerpo, no quería aceptar todos los mensajes que mi cerebro le estaba mandando. Desvié mi mirada en dirección a las pocas ventanas que había en el lugar, aún se apreciaba con claridad la luz del día, dándome una oportunidad para agacharme e investigar todo ese desastre lo más rápido que podía.

Mientras la luz siguiera de nuestro lado, no teníamos nada que temer.

Varias de sus heridas se veían menos graves en la lejanía, pero ahora se podía apreciar cómo su piel fue desgarrada y golpeada una vez que había dado su último respiro. Incluso de sus orejas se apreciaba cómo salía un poco de sangre. El cuello, la cabeza y el pecho eran las únicas áreas que podían provocar una muerte tan rápida si se les aplicaba un gran y efectivo daño.

Su cuerpo era como un rompecabezas donde las piezas se encontraban repetidas y con patrones de suma complejidad. Era imposible recrear una escena como esa en un lapso tan corto de tiempo, solo se podía concluir que el responsable había sido un profesional, pero la velocidad irreal con la que ejecutó su plan solo podía ser algo simple de admirar y de temer.

Al mirar a sus piernas, pude percatarme que su brazo no fue lo único que había sido arrancado.

—¿Dónde está el pedazo de su pierna derecha? Se lo arrancaron desde la rodilla, debería de haber caído al igual que su brazo —afirmé en voz baja.

Ilán rápidamente cambió su expresión a una más frustrada y comenzó a buscar a nuestro alrededor sin alejarse tanto de mí. Rondó por un momento hasta que en un punto se quedó investigando detrás de mí. Lo dejé hacer su trabajo mientras volvía a dirigirme hacia el cuerpo.

—¿Es posible que una persona sea capaz de arrancarle a alguien cualquier parte del cuerpo con tanta facilidad? Y también que lo haga de una forma tan decente, ¿no lo crees?

Un silencio abrumador invadió el ambiente después de que mi voz cesara; no se apreciaba ni un solo paso o respiración de su parte. Mi piel se erizó y mis sentidos se intensificaron de golpe, comencé a temer lo peor.

—¿Ilán…?

Sin ningún preámbulo sentí cómo me tomó del brazo para colocarme detrás de él y portar su pistola con la mano que le quedó libre. Permaneció en silencio mientras no quitaba su vista de un montón de cajas que se encontraban apiladas a la distancia.

Aún no era de noche; sin embargo, por algún motivo, ahora no podía apreciarse con claridad lo que se encontraba en esa dirección. Hice que me soltara para que pudiera usar ambas manos en caso de que necesitara disparar, debíamos tener nuestra libertad de movimiento para tener, aunque sea una mínima oportunidad de sobrevivir al ataque.

—Algo se movió por un momento —susurró Ilán indicándome que revisara nuestro perímetro una vez más.

Todo se encontraba en calma. Solo había dos salidas y una de ellas parecía estar custodiada por aquella cosa que Ilán observó y, por otra parte, la otra se encontraba en su dirección opuesta. No dudé de su palabra, su habilidad para detectar cualquier enemigo o animal era más desarrollada que la mía, lo único que debía hacer era apoyarlo con todo lo que me indicara.

De repente, una sombra apareció corriendo justo en la posición opuesta de donde Ilán se encontraba atento. Aparentaba haber emergido de la nada para solo ocultarse detrás de otras cajas.

Probablemente fue lo mismo que él pudo distinguir: una sombra que se escondía.

Exhalé por la sorpresa del momento, haciendo que atrajera la atención de mi compañero.

Como un simple reflejo, tomé el pedazo de brazo que se había quedado en el suelo y lo lancé en esa dirección para obligar a aquello que se encontraba ahí a quedarse al descubierto si es que lo quería tomar, teniendo una simple esperanza de obtener algo como respuesta. Ambos nos alejamos un poco del cadáver para posicionarnos mejor en caso de que el brazo llegara a desaparecer de nuestra vista, no podíamos perder ningún detalle.

Un ruido extraño se manifestó provocando que nos detuviéramos en seco. No podíamos distinguir cuál era su origen ya que algo parecía que se estaba moviendo en todas direcciones. Después de unos segundos el ruido cesó para abrirle paso a unas garras que emergían de las cajas. Solo se mostraron por un momento y después se elevaron ligeramente del suelo para dar su primer paso.

Ilán me miró con alivio, ya teníamos la ventaja sobre el animal, su hambre iba a ser aquel que le provocaría su muerte.

Como si el animal hubiera sido capaz de leer nuestros pensamientos, solo comenzó a estirar su brazo hasta que se extendió por más de cinco metros para tomar el pedazo de carne y luego comenzar a sacudirlo de un lado a otro como si nos estuviera saludando con él.

Mi corazón se detuvo por un momento al apreciar ese momento, estaba aterrada.

—Seguimos estando bien porque aún es de día —mencioné con una voz temblorosa.

Ni siquiera Ilán pudo intentar tranquilizarme por el ruido de unas cajas que se cayeron a nuestras espaldas. El cuerpo había desaparecido y ahora el almacén tenía más espacios que eran puntos ciegos para nosotros. Estábamos rodeados.

Sin nada más qué perder, corrimos hacia el estante más cercano para ganar un poco de altura y así acercarnos a la altura de las ventanas para poder escapar.

No nos detuvimos a recobrar el aliento una vez que llegamos al punto más alto. Nada ni nadie había hecho un intento por detenernos, pero tampoco les daríamos suficiente margen para lograrlo.

Saltamos de un estante a otro para llegar más rápido a una ventana, pero no pudimos avanzar mucho cuando las luces se apagaron de la nada. La oscuridad nos invadió por completo, ni siquiera la luz del exterior podía guiarnos. Ilán tomó mi mano como pudo y yo me estremecí un poco. Lo más útil que se nos ocurrió en ese momento fue agacharnos por un momento para tratar de adaptar nuestra vista, pero todo fue en vano.

Enseguida buscamos los extremos de los estantes para tener una mejor perspectiva de la zona y así evitar alguna caída tonta u otro accidente indeseado. Al mover un poco mi mano solo pude sentir el cambio de lo helado del metal por una sensación viscosa y desagradable. Seguí moviéndola en esa dirección hasta que me topé con lo que parecía ser otra mano, pero esta era arrugada y rasposa. Levanté mi rostro para tratar de ver a la criatura, pero solo pude sentir el hedor penetrante de su cuerpo que me quemaba los ojos y su cálido aliento que se encontraba cerca de mi rostro.

Empujé a Ilán de forma impulsiva para que pudiéramos saltar al siguiente estante sin importar que alguno pudiera salir lastimado, era mejor que quedarse quieto. Un grito ensordecedor invadió el lugar cuando ambos aterrizamos a salvo, provocando que nos soltáramos de las manos para poder proteger nuestros oídos.

Cuando el gritó cesó, varios golpes comenzaron a surgir. El estante donde nos encontrábamos se comenzó a sacudir bruscamente de un lado al otro en un intento por que alguno de los dos perdiera el equilibrio.

—¡Ni se te ocurra soltar mi mano! —gritó Ilán.

Comenzamos a trabajar como uno. En cuestión de segundos todos los estantes comenzaron a derrumbarse por las criaturas que se encontraban en el lugar, mientras que nosotros corríamos y saltábamos por nuestras vidas, intentando apoyarnos en el borde de cualquiera de ellos antes de que perdieran el equilibrio completamente.

Un disparo sobresalió de entre todo el ruido que había en el lugar, era Ilán. Disparó hacia el frente para crear un pequeño agujero en el cristal de la ventana (que no se encontraba muy lejos de nuestra posición). El sonido del impacto contra el cristal fue como música para nuestros oídos. Al romperse, abrió un pequeño agujero que nos ofreció un poco de visibilidad, pero algo andaba mal, aún seguía estando muy oscuro.

Durante nuestro último salto hacia la libertad perdimos el equilibrio, haciendo que ambos rompiéramos el cristal con nuestros cuerpos y saliéramos volando por la ventana.

La caída fue algo dura pero no resultó en alguna lesión grave gracias a unas pilas de desechos de cartón que se encontraban en el exterior. La noche ya había llegado hace un tiempo, mostrando así la luna llena en su punto más alto. Me levanté con un poco de cautela para asegurarme de no haber resultado lastimada por la caída, y luego me acerqué a Ilán para revisar cómo se encontraba ya que él seguía tumbado entre el cartón.

Al verme no hizo otra cosa más que sonreír y abrazarme al instante, confirmando así que no tenía ningún tipo de daño. Era todo un alivio haber salido con vida de ese lugar.

Nuestro momento de tranquilidad fue interrumpido por un llanto que provenía desde dentro del almacén, haciendo que nos sobresaltáramos y saliéramos huyendo de una buena vez.

Al llegar al otro lado de la calle volteamos a ver el almacén para revisar si las criaturas nos iban a seguir en el exterior, pero solo nos encontramos con una pequeña carita que se encontraba asomada por la ventana que rompimos. A pesar de la distancia que nos separaba, se podía notar lo atento que se encontraba al observarnos.

En ningún momento llegó a pestañear, pero luego su garra se asomó por la ventana para comenzar a extenderse lentamente en nuestra dirección.

Antes de que pudiera tomar la mano de Ilán para comenzar a correr, un carro encandiló a la criatura, haciendo que esta huyera de nuevo dentro del lugar. Al observar el vehículo delante de nosotros, pudimos ver que nuestro líder era quien conducía.

—Súbanse. —Nos ordenó sin dirigirnos la mirada.

Una vez que ambos nos subimos, el líder se puso en marcha a toda velocidad.

El trayecto se sentía incómodo, nadie hablaba ni tampoco nos dirigíamos la mirada por miedo a decir algo incorrecto. Al intentar sacar el cuchillo de mi funda me percaté que lo había perdido durante el atentado. Oculté mi molestia a simple vista, pero por dentro me sentía fatal, ahora tenía la certeza de que el líder me castigaría por mi incompetencia.

Un pequeño golpe me sacó de mis pensamientos. Ilán había extendido su mano para regresarme mi cuchillo. Me quedé sorprendida al verlo de nuevo, no comprendía dónde ni cuándo lo tomado ya que ni siquiera me había percatado de cuándo lo solté. Le agradecí con una cálida sonrisa para que el líder no escuchara nada, y luego lo guardé de nuevo donde pertenecía.

—¿A qué estaban jugando? —Nos interrumpió el líder mientras disminuía la velocidad para observarnos por el retrovisor.

Ilán y yo nos quedamos en silencio, la noche había llegado de un momento a otro, aún faltaba una cantidad considerable de tiempo antes de que todo oscureciera y no teníamos duda de ello, pero los hechos mostraban lo contrario. No era conveniente hablar si nadie tenía una respuesta lógica para él, solo provocaríamos que se enfureciera más.

Yo tuve la culpa, no podía permitir que Ilán tomara esa carga. De no ser por aquella discusión que provoqué por mis juegos, de seguro habríamos salido antes como estaba acordado.

—Líder, yo voy a asumir todo el fallo de este trabajo —afirmé algo tensa.

Ilán solo permaneció callado y bajó la mirada para evitar cualquier tipo de contacto. La respiración del líder se escuchaba cada vez más pesada.

—El hombre estaba en posición, pero luego las cosas se salieron de control —continué.

—No me importa el hombre, era un desgraciado y por fin está muerto, lo que quiero saber es ¿por qué jugaron con las criaturas? —refunfuñó.

—Aún era temprano antes de que Ilán y yo nos reuniéramos. Tomamos en cuenta el tiempo como usted nos lo ordenó, pero cuando esas cosas aparecieron todo cambió tan drásticamente. No estuvimos tanto tiempo ahí como para que pudiéramos salir hasta media noche. Apenas y sobrevivimos.

—No debieron confiarse, ya saben que esa es su especialidad. Alteran la mente de las personas para luego tratarlos como juguetes. Solo es necesario un simple engaño para que obtengan su victoria.

Podíamos ser ingenuos por el poco conocimiento que teníamos sobre las criaturas, pero eso no era excusa debido al entrenamiento y preparación que nuestra organización nos brindó desde pequeños. El no conocer a un oponente no implica que la batalla esté perdida, e incluso el conocerlos no te puede asegurar la victoria.

—Líder, yo...

Le hablé tensa, y después me detuve un momento al entender la situación. Guardé silencio por un instante hasta poder encontrar las palabras correctas. Algo anormal abundaba en el ambiente.

—¿Por qué regresó?

—Se habían retrasado, no los iba a dejar a su suerte en medio de la noche —afirmó con una pequeña mueca de felicidad.

Se me creó un nudo en la garganta al escuchar sus palabras. Volteé de reojo hacia Ilán para confirmar si mis sospechas eran ciertas. Y así fue, ya que él también me miraba con la misma preocupación.

—Habríamos buscado la forma de volver con usted. Pero, regresando con lo que comentó de las criaturas, ¿entonces, quiere decir que no se puede saber qué es real y qué no? —cuestioné mientras ambos sacábamos nuestras armas.

Si Ilán le disparaba en la cabeza haría las cosas más simples que intentar matarlo a puñaladas.

A pesar de mi tono tranquilo, el líder pudo percatarse de nuestra desconfianza e inmediatamente detuvo el vehículo en medio de una intersección. Las pocas luces que había en el exterior parecían ser extinguidas por la oscuridad. De alguna manera nos había vislumbrado.

—¿Qué tratas de intuir, Eztli? —preguntó volviéndose hacia nosotros.

—Quite el seguro de las puertas, a menos que nos dé un buen motivo para romper su querido carro —aseguró Ilán mientras lo apuntaba con el arma.

El líder o lo que sea que era esa cosa estaba en desventaja. La punta del arma se encontraba justo detrás de él; si se atrevía a quitársela de encima, yo misma me lanzaría contra él para cortarle el cuello.

—Piénselo bien, líder —insistí—. No importa qué tan bien juegue, no saldrá ileso de esta a pesar de que nos mate.

—Razonen, muchachos, se están confundiendo de enemigo —respondió con una risa burlona—. La noche es la hora donde los impuros de corazón deben morir, ¿acaso quieren volver a salir a jugar? El tiempo ya no es lo que aparenta ser.

El sonido de un seguro rompió la tensión, el líder nos ofreció la oportunidad de salir sin ningún otro tipo de alardeo. Cada uno se acercó a su puerta más cercana, ambos saldríamos al mismo tiempo para evitar que tratara de atraparnos. Tomé la manija de la puerta sin quitarle los ojos de encima, pero justo me interrumpió con su palabra.

—No olviden revisar en todas direcciones antes de salir, no queremos que ocurra un trágico accidente —mencionó sin borrar esa odiosa sonrisa de su rostro mientras que señalaba con su mano derecha a todos los puntos cardinales.

Sus acciones habían sido realizadas a propósito, pero ya no íbamos a permanecer más tiempo cerca de él. Abrí la puerta con mucha cautela cuando una luz incandescente iluminó el vehículo desde el exterior, desviando así nuestra atención. El sonido de unas pisadas apresuradas que venían hacia nosotros se mezcló con lo que aparentaban ser los alaridos provenientes de la misma criatura.

Me alejé de la puerta y comencé a deslizarme cerca de Ilán para salir por el otro lado, pero luego el líder me sujetó por el brazo. Le corté varios pedazos de su piel y encajé mi cuchillo lo más profundo que pude para romper todo lo que pudiera, cuando de repente su mano me quemó al instante. Grité para que me soltara mientras que Ilán le disparaba, no obstante, el líder se las arregló para esquivar cada una de las balas.

—¡Solo muérete! —gritó Ilán mientras luchaba por alcanzar la velocidad con la que se movía el líder.

—Sus ojos y cuerpos son débiles, se romperán con facilidad si ponen un pie en el exterior —declaró firmemente después de romper el arma de Ilán para poder contenerlo del brazo al igual que a mí.

Nuestras miradas se cruzaron y lo último que hice fue acercarme a Ilán antes de que ocurriera el impacto, después todo cayó en el silencio.

Al estar inconsciente, escuché unas voces hablar a mi alrededor. Algunas imágenes fueron recreadas en mi mente con la ayuda de mis sentidos, no había certeza alguna de que Ilán se quedó a mi lado todo el trayecto, pero al menos era lo que deseaba creer.

Una fuerte sacudida me sacó de mi sueño. Lo primero en que centré mi atención fue en la cara de preocupación de Ilán, la cual se podía percibir a kilómetros de distancia. De verdad temió que jamás despertara de ese sueño.

—¡Eztli, qué alivio! —exclamó, y después se abalanzó sobre mí para abrazarme—. No reaccionabas por más que te moviera o te hablara, de verdad me asustaste.

—Ya no te preocupes por eso, ahora tenemos qué averiguar en dónde estamos —le respondí esbozando una media sonrisa.

Nos encontrábamos algunos metros bajo tierra. No había ninguna señal del sol o de la luna, pero algunas flores con largos y finos pétalos que se encontraban a nuestro alrededor brillaban a un ritmo constante y débil.

Del techo colgaban unas raíces gruesas y musgosas que le daban un poco de color al lugar, mientras que alrededor del suelo había hojas de todos los colores y tamaños. Nuestra primera impresión fue buscar la salida de esa especie de habitación, pero solo nos encontramos rodeados con paredes de tierra y algunas rocas que funcionaban como soporte. El lugar poseía un olor antiguo, como algo que hubiera permanecido bajo llave por muchos años. No se sentía completamente desagradable, su aspecto natural podía calmar los nervios al instante.

—¿Recuerdas algo de lo que ocurrió después del accidente? —pregunté.

—No mucho —respondió mientras hacía gestos para tratar de recordar y apoyaba una mano sobre su barbilla—. Solo recuerdo esa luz y luego tu cuerpo empujándome más contra la puerta cuando la cosa chocó con el carro para mandarlo a volar. Después de eso todo se quedó en blanco, me desmallé antes de que llegáramos al suelo, no tengo idea de cómo llegamos aquí.

—Sea como sea seguiremos sin tener a la luz como aliada, probablemente haya una puerta secreta o algún pasadizo que nos lleve de regreso a la superficie.

—Solo no hay que separarnos, si nos vuelven a tomar por sorpresa entonces que lo hagan mientras estamos juntos —afirmó Ilán mientras se ponía a mi lado.

Le sonreí como respuesta.

Ninguna pared tenía una especie de grieta, tampoco nos permitía escarbar en ella debido a lo compacto que se encontraba, asemejándose así a una pared sólida de construcción. Al querer descifrar patrones, Ilán se cortó la mano en un intento por girar una roca para verificar si esta formaba parte de una especie de código.

La sangre nunca es una buena aliada en ese tipo de situaciones, pero ahora las criaturas estaban en el campo de juego. Era muy inconsciente seguir con una herida al aire, por más pequeña que fuera. Bajé mi mirada en busca de algo para cubrir la herida. Entre todas las hojas que había por el suelo, destacaba una que pertenecía a un sauce, la cual aparentaba haber sido arrancada debido a su apariencia llena de vida. Decidí no tomarle importancia y la recogí, posteriormente le hablé a Ilán para que me dejara proceder.

—Esto debería ser suficiente, al menos así no te macharás tu muñeca. —Le dije mientras vendaba su mano con cuidado.

Unos pequeños crujidos surgieron de entre un montón hojas que se encontraba frente a nosotros. Debido al movimiento que generaba, las hojas comenzaron a caer poco a poco para así mostrar el rostro de un perro. Este se sacudió al estar fuera de las hojas y luego solo nos observó mientras meneaba su cola. Se veía bien cuidado debido a su pelaje color crema y su olor perfumado.

Mantuvimos nuestra distancia, pero luego comenzó a acercarse al igual que lo haría un cachorro. Nos ladró de forma amable para llamar nuestra atención.

De seguro querrá algo de comer o solo ser acariciado. Lo más probable es que las criaturas también lo habían arrastrado con nosotros para reservarlo como comida.

Toqué su nariz y luego Ilán acarició su cabeza. El perro realizó un gesto parecido a una sonrisa, nos ladró y luego se alejó. Sin dejar de observarnos, se colocó en la típica posición para jugar de los canes mientras agitaba su cola con mucha emoción, esperando así nuestra respuesta.

—Jugaremos después, amigo, primero tenemos que salir de aquí —afirmó Ilán.

Su cola se detuvo y todo su cuerpo se quedó inmóvil.

—No se ve muy contento con eso —agregué. Respiré hondo para acercarme al animal y así tranquilizarlo—. No pasa nada, luego iremos a un parque para que puedas correr todo lo que quieras. Al intentar acariciarlo el perro se enderezó de forma abrupta y volvió a retroceder usando solo sus patas traseras. Un extraño gruñido se originó en su pecho. Las hojas a nuestro alrededor comenzaron a sacudirse violentamente para descubrir a otros dos perros que se encontraban ahí, y que de la misma forma poseían la misma apariencia del original a la vez que generaban el peculiar gruñido de su pecho.

Me acerqué a Ilán antes de que los animales actuaran y luego él se colocó para que quedáramos espalda contra espalda. Los tres canes se acercaron rápidamente a nuestras piernas y nos comenzaron a oler sin cesar, dando a su vez vueltas alrededor.

Mi respiración comenzó a acelerarse por el miedo de que nos atacaran.

—Son solo perros, recuerda que su olfato es lo más valioso para ellos, nada más quieren obtener información de nosotros —susurró Ilán al sujetarme de la muñeca.

Un pequeño ladrido nos interrumpió para darle la señal a los otros perros para que solo se pararan con sus patas traseras. La respiración y el palpitar de ambos aumentó al verlos en ese estado. No estaban de pie como nosotros, su espalda se encontraba encorvada pero sus patas delanteras se tambaleaban de un lado a otro con los movimientos que hacían.

Al menos sus rostros no se encontraban cerca de los nuestros.

Cerré los ojos para poder controlarme, pero luego Ilán apretó mi muñeca con más fuerza. Abrí mis ojos de forma instintiva, el hocico de los perros ahora era el que estaba sufriendo un cambio. El trío abrió sus hocicos por igual para mostrar sus grandes y afiladas dentaduras, pero luego la parte media de su mandíbula superior se dobló de tal forma que sus dientes caninos podían tocar o rozar nuestros estómagos con solo dar un paso más. El agobio de sus movimientos ocasionó que lanzara un pequeño sollozo. Los perros se detuvieron y luego dieron un gran salto para sujetarse de las raíces, observándonos así desde las alturas. Al intentar movernos, las hojas debajo de nosotros comenzaron a ceder hasta hacernos caer por un enorme agujero que cubría todo el suelo de la habitación.

La caída resultó ser corta y acogedora, sin embargo, no hicimos caso de nuestro alrededor al tocar el suelo. Apenas nos quitamos de ese agujero cuando recobramos nuestro equilibrio para que los perros no se lanzaran encima de alguno o solo trataran de tomar ventaja sobre nosotros.

—Bienvenidos —dijo una voz a nuestra espalda.

Era una chica que se encontraba sentada dentro del tronco de un enorme sauce. Tenía un largo cabello negro y unos ojos de tonalidad gris. No parecía ser un monstruo a pesar de mostrar sus uñas afiladas, pero la criatura que se encontraba a su lado, una paloma extraña con ojos de demonio mostraba todo lo contrario a ella. Al ser la única humana entre todas esas criaturas, lo más indicado era mostrarle respeto para no hacerla enojar.

—Diles a tus perros que no se acerquen más —le ordenó Ilán a la chica con un tono de desprecio.

Ella se quedó mirándonos por un momento cuando los perros aterrizaron detrás de nosotros, ocasionando que Ilán se pusiera a la defensiva.

—No son míos —respondió la chica tranquilamente—. Además, ellos no les harán ningún daño, solo querían conocerlos.

Sin ninguna otra palabra o seña, los perros se alejaron al instante desapareciendo entre las hojas.

Nuestro alrededor tenía la apariencia de un bosque, había pequeños árboles y algunos arbustos ubicados lejos del sauce, así como flores exóticas que podían alcanzar nuestro tamaño. Su suelo, a diferencia de la habitación anterior, era de una combinación de césped y musgo extraño, los cuales creaban los diversos colores del ciclo de vida de una hoja. Incluso su techo parecía el cielo nocturno de la superficie a pesar de mostrar en ciertas ocasiones las raíces que lo sostenían.

Al mirar los ojos de la chica una parte de mí comenzó a entrar en pánico, la presencia de esos dos seres era intimidante, incluso el sauce que los arropaba parecía tener vida propia como un monstruo más.

Ilán se me adelantó y se acercó firmemente hacia ellos.

—¿Por qué nos trajeron aquí y dónde está nuestro verdadero líder? Hubiera sido más simple matarnos durante el accidente o incluso desde el almacén —afirmó Ilán dando fuertes pisadas con cada paso que daba.

—Detente —habló la paloma.

¿Acaso esa cosa puede hablar? Pero ni siquiera pude observar que lo hiciera…

—Tiene razón —agregó la chica, después señaló a los pies de Ilán—. Un paso más y habrías molestado a nuestro amigo. Tu corazón estuvo a punto de ser destruido en menos de un suspiro. —La paloma emitió una risa burlona, la misma que había realizado nuestro líder mientras platicábamos—. Eztli e Ilán… es un placer conocerlos y ver que se encuentran enteros de cuerpo, pero ¿cómo se encontrarán sus mentes?

—La paloma, ella se burló de la misma forma que el líder, ¡nos engañó para hacerse pasar por él! —interrumpí de forma exasperada.

—No precisamente —respondió negando con la cabeza. Se quedó en silencio por un momento y luego me miró algo desconcertada—. Fue irrespetuoso de tu parte no permitirme continuar para ofrecerle la respuesta que tu compañero tanto desea. ¿Así es como lo has tratado durante todo este tiempo?

Un silencio incómodo invadió el ambiente. Agaché la cabeza para evitar ser exhibida de nuevo.

—Bien, ahora esta es solo una conversación entre ambos —le expresó a Ilán con una gran sonrisa—. Queremos tu sangre.

—¿Mi sangre? —preguntó Ilán retrocediendo unos pasos en mi dirección.

—Eso sería en un principio, luego seguiría todo tu cuerpo —extendió su mano hacia él, mostrándole una hoja de sauce—. Ustedes mismos nos la ofrecieron allá arriba.

—¡No! Eso no tiene nada que ver, fue un error, nuestra ropa no se rompe con tanta facilidad para poder usarla como una venda. No lo hice con esa intención, por favor, no lo hagan. —Les supliqué.

La paloma interrumpió a la chica antes de que esta pudiera continuar. Desde lejos parecía que le había susurrado algo al oído ya que esta se levantó para desaparecer entre los arbustos. Mientras ella se alejaba, la paloma le asintió a la chica para después venir flotando hacia mí. Su apariencia era anormal. Era incómodo tenerla a solo unos centímetros de mi rostro.

—Pides algo imposible y me culpas de poseer a un hombre tan asqueroso como lo es su querido líder —declaró de forma ofendida por mis palabras. Sin nada más que decir, me dio la espalda para dirigirse a Ilán. Parecía haberla irritado—. Al no querer ofrecernos tu sangre nos das a entender que tu cuerpo es algo imposible de pedir. Podemos llegar a un acuerdo, pero la sangre es algo que no se puede debatir.

—No pienso hacer ningún trato con ustedes —murmuró Ilán.

—Debido a eso es que tenemos varias opciones.

La paloma dirigió su vista en dirección a la chica que había regresado junto con nuestro líder. Luego sentí cómo unas raíces me inmovilizaron al instante y cubrieron mi boca. Ilán solo me miró aterrorizado.

—El cuerpo de ese hombre sigue siendo suyo, pero su mente no está aquí. Supongo que nunca le mencionaron que no es bueno hablar con cuervos.

Una sombra veloz pasó al lado de la cabeza de Ilán, era un cuervo dirigiéndose al hombro de la chica para posarse en él.

—¿El cuervo es quien lo controla?

—Estás en lo correcto, querido Ilán. —Lo felicitó la paloma de la forma más eufórica que podía, lo cual era limitarse a dar giros en el aire a una gran velocidad—. Ya no puedes parar una vez que le diriges la palabra a uno de su especie, cuando menos te lo esperas ya eres preso del otro lado.

—¿Eztli que tiene que ver en esto? Solo déjenla ir y ya.

—Aquí es donde comienza el verdadero juego —respondió al levitar de un lado a otro—. Cualquier sangre puede servir, sin embargo, el que se quede con vida será de utilidad para nosotros. Verán, la situación ha sido muy complicada recientemente. Los medios de comunicación no han sido de gran apoyo y muchas personas nos quieren destruir, cuando la realidad es que hemos brindado paz a los legítimos inocentes. Existen más vidas como las suyas, sin tener esa oportunidad para no convertirse en los monstruos que son ahora. Solo es necesario de un experimento y de la postura de uno para ayudarnos a avalar nuestras acciones y así continuar con nuestra selección perfecta.

Maldita paloma desquiciada.

—Ustedes solo quieren mi palabra para que mate a mi compañera o a mi líder —masculló Ilán.

La paloma asintió levemente y se quedó en silencio como si esperara una respuesta.

—¿No hay una forma en la que ambos podamos vivir?

—No es seguro, pero todo depende de lo que tú nos ofrezcas —confesó de forma dudosa—. Aun así, en el caso de que existiera esa probabilidad, entonces los dos vivirían con nosotros. Les ofreceríamos todos los recursos que requieran para su propia comodidad y supervivencia a cambio de eliminar toda presencia o recuerdo suyo que posean los individuos de la superficie. Incluso podrían ayudarla. —Dirigió su mirada a la chica y luego se volvió hacia Ilán—. Viajarían por el día y en la noche descansarían, al igual que la vida que habían tenido, a excepción de que no tendrían que matar a nadie o temer por ser asesinados por alguien o algo más. Considero que es mejor ser algo optimistas en lugar de cerrarte a los otros caminos que puedes llegar a tomar, ahora solo depende de ti.

Un pequeño rayo de esperanza se iluminó sobre los ojos de Ilán. Volvió a verme con una mirada triste como si se estuviera despidiendo de mí. Luché para librarme de las raíces, pero solo sujetaron mi cuerpo con mayor firmeza.

—Ya sé quién debe ser escogido para morir —declaró Ilán con una mirada firme y segura. Al mirarlo desde mi posición solo recordaba el hecho de que jamás lo volvería a ver después de eso.

—Muy bien —expresó la chica mostrando así un poco de asombro por su respuesta. Se le acercó con un paso firme para luego detenerse en frente de él y tocar su hombro con delicadeza. Una sonrisa iluminó su rostro en medio ese silencio—. Tu palpitar por fin será nuestro.

Una brisa de aire atravesó el lugar, haciendo que nuestros ojos lloraran de forma inconsciente. Mientras Ilán se secaba sus lágrimas, una raíz emergió de la tierra y golpeó a nuestro líder justo en pecho, rompiendo sus huesos por el crujido que se escuchó durante el impacto. Lo habían destrozado por dentro.

El cuervo se disipó en el aire y el rostro del líder cambió. Había regresado solo para presenciar su muerte y desplomarse al instante sin decir una sola palabra o emitir algún quejido. Definitivamente ellos sabían cómo matar a alguien con tanta velocidad. El hombre que nos había obligado a cometer todas las atrocidades de nuestras vidas por fin había muerto. Su cuerpo fue enterrado rápidamente por las mismas raíces del sauce, las cuales lo consumieron como un simple bocadillo.

Ilán se quedó paralizado por un momento mientras miraba la sonrisa de chica, pero luego regresó en sí y corrió directo a abrazarme. Las raíces que me envolvían impidieron ese abrazo que tanto deseaba, cuando en un instante todo mi cuerpo comenzó a gritar de agonía. Miré a Ilán y este tomó mi rostro entre sus manos.

Al desvanecerse las raíces, quedó descubierto mi cuerpo ensangrentado. Mis huesos se sentían diferentes y algunas partes de mi cuerpo ni siquiera podían moverse. Caí en los brazos de Ilán como otro muerto más.

Unas gotas de agua cayeron sobre mi pecho, eran las lágrimas de mi compañero.

—¿Por qué? —preguntó con un nudo en la garganta.

—Esa fue tu decisión Ilán.

—Ni siquiera me permitiste ofrecerme a mí.

—No todas las decisiones se toman a través de las palabras, estas son muy propensas a cometer errores de los cuales nos podemos arrepentir algún día. —Se interrumpió a sí misma antes de decir otra palabra para poder mirar el estado en el que me encontraba, luego sus ojos brillaron—. Ella estará bien, yo no soy la que tiene el control total aquí. Solo puedo decirte que algunos disfrutan más sus acciones, como lo hizo tu amiga a temprana edad. El sauce fue bondadoso, solo fue un pequeño castigo para darle paso a una pequeña transformación, yo me haré cargo de ella. Tomé el brazo de Ilán como pude y luego lo miré con melancolía. Durante ese momento de verdad temí perderlo y quedarme sola con la carga de su muerte. Ahora yo era la que debía pasar cerca de ese camino, pero al menos lo haría en la presencia de mi mejor amigo.

La chica se nos acercó y nos extendió su mano.

—Huir ya no será parte de su rutina, nadie los lastimará más —admitió y después suspiró con alivio—. Juntos podremos terminar de conocer el mundo.

Mientras mi cuerpo sangra por dentro y veo a esos dos rostros humanos, no puedo evitar pensar en el futuro y en si de verdad yo estaré a su lado. No conozco a la chica, pero ella tiene más experiencia con esas cosas y me hace confiar en su palabra. Ellos no son como los medios los describen, sus personalidades son diferentes a las nuestras, pero siguen siendo sensatos a pesar de sus procesos.

Ahora todo queda en mí.

Sería divertido quedarse un rato más para seguir creciendo a su lado.

Anhelo el momento cuando llegue a seguir a mi hermano, pero ahora tenemos un papel importante qué cumplir. Quién sabe cuántos días tendrán que pasar para que Ilán y yo podamos adaptarnos a esta nueva vida. El miedo en nuestros corazones jamás se esfumará, pero ahora tenemos una mejor motivación para impulsarnos y seguir. No nos detendremos hasta proteger a todos aquellos que no tuvieron la oportunidad de elegir su camino.

NUESTROS DEMONIOS

Por: Diana Gisel Castro Iracheta

A Ximena, mi hermana, siempre nos salvamos una a la otra;
le encanta el terror y ve más allá del miedo.
Ella es mi contacto con el más allá.

Es curioso como el hecho de encontrarse en el momento equivocado, en el lugar indicado, y con los sentimientos explotando en ti, puede condenar tu alma y a las personas que más amas.

Recuerdo haber escuchado en algún lugar que en el fondo todas las historias eran de amor. Al primer momento, me sonó gastado, incluso ridículo; pero creo que ésta podría ser de esas historias.

Luka siempre se exigió mucho, más de lo que yo consideraría necesario, o incluso sano. Pero así era él. En algún punto de nuestra infancia decidió que no quería ser como nadie que conociera, que sería el mejor en todo, sin importar lo que costara. Ahora veo que el precio que pagó fue agonizante.

Pero me estoy adelantando.

Ya había empezado la época de lluvias de primavera. Haber dicho que mi hermano se sentía satisfecho con lo que hasta ahora había logrado en el año sería una gran mentira; incluso antes de saber lo que estaba pasando en su mente, incluso si no lo conocías tan bien como yo, todos a su alrededor sabían esa verdad. ¡Ni siquiera estaba satisfecho con su vida! En este punto, al igual que cada año durante las vacaciones de primavera, Luka consiguió un empleo; diferente a los que acostumbraba, eso me sorprendió; mi hermano y su constante búsqueda de superioridad, terminaba siempre optando por un trabajo donde tuviera la oportunidad de mandar a otros y alzarse por sobre el resto de los chicos de nuestra edad. Su puesto en la tienda de antigüedades bastaba para cubrir sus necesidades, claro, pero no era su estilo desempolvar cachivaches. Teníamos dieciocho años en ese entonces, estábamos por terminar la preparatoria, las cosas parecían simples, creí que habíamos sobrevivido a lo peor. Supe, no mucho después de que comenzara su trabajo, que la razón por la que eligió ese empleo fue, en mayor medida, su nueva compañera. Era una joven muy guapa, de nuestra edad, iba a nuestra misma preparatoria, aunque no compartimos salón de clases. Nunca creí en el amor a primera vista, me parecía vano y, menos que amor, un simple flechazo, además, ya que nunca habíamos hablado con la chica, supuse que eso era. Pero Luka siempre fue más cursi, romántico, más intenso, en todos los aspectos.

Era martes, su segundo día en la tienda de antigüedades, cuando Iván y yo fuimos a echar un vistazo en la tienda. Al contrario de lo que pensé, no se trataba de un lugar con objetos opacos amontonados unos sobre otros, era en realidad un salón grande, con piezas cuidadosamente colocadas sobre estantes de madera barnizada, tenía un aspecto de haber sido sacado de una película ambientada en la época victoriana; muy lindo, a decir verdad. Al entrar, ambos caímos en cuenta que debíamos ser cuidadosos en ese lugar, un mal movimiento y tendríamos qué pagar —quién sabe cuánto— por los daños.

Divisé a Luka en medio de la tienda, puliendo cuidadosamente un objeto que no pude identificar.

—¡Hey, señor! ¿Hay algo interesante por aquí? —pregunté mientras me acercaba a él.

Levantó la vista de su trabajo, habiendo reconocido mi voz solo le quedaba fijarse en mi acompañante.

—Bueno, eso depende del dinero que estén dispuestos a gastar —respondió con un tono divertido mientras se acercaba a nosotros—. Por allá, junto a los teléfonos, hay algunas cosas bonitas, o, tal vez busquen un anillo.

—La chica del mostrador, ¿es por quien dejaste el empleo de asistente en la constructora? —Le cuestioné cambiando de tema, aunque yo ya sabía la respuesta.

Iván ahogó una carcajada, y dando unas palmaditas de apoyo a mi hermano, caminó en dirección a los teléfonos que Luka había señalado.

—Vamos, Luka, ni siquiera la conoces, ¿hace cuánto que te gusta?

No pude evitar el ligero tono de reproche, aquel que mis amigos decían que remarcaba el acento italiano que mis padres me habían heredado.

—Sé lo que debo, y esta es una gran oportunidad para saber más de ella.

Vi un ligero brillo en sus ojos color avellana, no era el brillo habitual, cuando deseaba que alguien lo retara para demostrar su capacidad de superar a todos. No conocía esa mirada, era nuevo para ambos. Mi hermano parecía haber caído en las garras de su primer amor. O su primer (y último) flechazo adolescente, sería más adecuado llamarle.

—Bien, negativo y positivo. —Regresó Iván a nuestro lado, cargando con una bolsa de papel—. Debo regresar a mi casa, pero… compré unas cosas. Luego nos vemos.

Después de sus palabras, no estuve muy segura si se refería a mi hermano y a mí, o a las noticias que nos había dado.

No me quedé mucho más rato. Di una vuelta por el lugar, observando de forma ambigua los objetos más grandes y llamativos, compré un collar de plata, y dejé a mi hermano continuar con sus asuntos.

Esa noche, al acostarme, creí ver una figura humana en la puerta del baño. En ese momento pensé que era un efecto de la luz o algo por el estilo; no le di importancia y terminé por dormir.

Un par de días después, mientras Luka se encontraba trabajando, fui a casa de Iván.

—Esto fue lo que compré el otro día. —Me comentó mi amigo acercándose con varias cosas en las manos—. Este fue mi favorito.

Tomé lo que me mostraba: un portarretratos rectangular decorado con delicadas hojas de ginkgo que cubrían el marco en su totalidad, era negro brillante, parecía esculpido en ónix. Ahora contenía una foto nuestra, la que tomamos en su cumpleaños más reciente.

—Oye, esto es muy bonito, pero se ve caro.

—Nada de eso —respondió—. En realidad, también me impresionó el precio, muy asequible.

—Ja, tal vez era de un asesino serial —comenté en broma.

Me mostró también una pluma de bronce y una pulsera de cuero con un bonito oso tallado en madera. Nada de más interesante. No sabía que acabábamos de sellar nuestros destinos, pero, aun así, me fui a mi casa muy intranquila, sentía que me estaban siguiendo de cerca, y aire frío en mi nuca, a pesar de que el sol no se había ocultado aún. El sábado por la tarde visité a mi hermano en el trabajo, justo antes de que su turno terminara, teníamos planeado pasar una tarde tranquila y nostálgica pues ese día habría sido otro aniversario de mis padres.

—Luka, ¿qué te parecen lirios? Era la flor favorita de mi madre.

Estábamos en la parte trasera de la tienda mientras él guardaba sus pertenencias. Me dirigió una sonrisa triste, y me acomodó la trenza que llevaba sobre el hombro. Él podía ser así. Un mal amigo, desde luego, egoísta, e incluso manipulador; pero nunca había sido mal hermano, y desde que mis padres faltaban se había convertido en el mejor mellizo también, teníamos la misma edad, pero Luka actuaba como si me llevara varios años.

—Vamos.

Cruzábamos la tienda cuando nos percatamos a la vez de la presencia de otro conocido.

—Julio, ¿cómo estás? —Lo llamó Luka, pues era más conocido de él que mío.

—Hola, amigos, ¿qué tal? Yo solo… vine a recoger a mi novia.

No estoy segura quién entendió sus palabras primero, pero yo fui la primera en hablar.

—Tu… ¿Quién? ¿Desde cuándo tienes novia?

—Atalanta, trabajan juntos, ¿no, Luka?

Mi hermano estaba ligeramente sonrojado, lo veía con el ceño fruncido, como si aún no comprendiera.

—Sí… ah… no sabía su nombre —respondí, trabándome en cada palabra—. Ya nos vamos, adiós.

Jalé a Luka sin darle oportunidad para decir nada, pero cuando él reaccionó no me dejó dar un paso más, se detuvo y giró, nos ocultó detrás de una tabla angosta y vertical, decidió torturarse viendo como su amigo reclamaba a su primer amor.

—Ese maldito… Primero… y ahora… ojalá… —escuché que susurraba contra la madera, aferrando sus manos a los lados de la tabla, hasta que sus uñas y nudillos perdieron el color.

—¡Luka!

Lo tomé del hombro con una mano, mientras con la otra trataba de quitar su mano de la tabla. Poco a poco lo logré, caminamos en silencio hasta casa. No dije nada cuando mi hermano se desvió del camino al cementerio, tampoco traté de hablar con él al llegar a casa. Ahora solo deseo haber hecho algo diferente.

—¡Hey, Luka! ¿Volverás al trabajo? Es tarde. Arruinarás, hum, tu récord de puntualidad —dije la mañana del lunes en un patético intento de buscar a mi hermano entre la explosión de furia y rencor que llevaba todo el fin de semana encerrado.

Para mi sorpresa, abrió la puerta de su habitación, casi inmediatamente, luciendo su típica ropa semiformal y una sonrisa sarcástica. Estaba arreglado, listo para irse.

—Hoy no, niñita, no verás ese día aún.

Salió por la puerta, aparentemente tranquilo, luciendo la seguridad que tanto le caracterizaba (y que yo sabía, era solo una pantalla). Pero algo en su expresión era diferente, algo que, estoy segura, solo yo podía reconocer: sus ojos color avellana no gritaban en busca de otro reto.

Para ser honesta, en ese momento no supe lo que había estado pasando en las últimas semanas. Solo después me enteré a detalle de los acontecimientos ocurridos entre su grupo de amigos. Y, a decir verdad, ahora todo hace sentido. Durante mucho tiempo me pareció absurdo que basara su pequeña crisis de pánico solo en una bonita chica. Contrario a lo que muchos creían, Luka y yo no teníamos el mismo grupo de amigos, a pesar de estar en la misma clase. Sus amigos eran bastante como él, todos competían por el mejor puesto, en todo, pero nunca fueron lo suficientemente buenos como para superarlo, de eso se encargaba mi querido hermano; supongo que nunca fuimos cercanos en la escuela por esa misma razón, yo no estaba dispuesta a competir con mi mellizo, y tampoco me gustaba la forma en que se hacía alzar entre todos los que lo rodeaban, sin embargo, jamás pensé en exponerlo, después de todo, era mi hermano.

Las respuestas de las universidades empezaron a llegar. Mi solicitud no importaba, pero las de él… vaya que se había esforzado. Aplicó a cuanta beca encontró, dejando poco espacio (casi nulo) para negativas. Varios de sus amigos lo hicieron igual. El primer paso hacia su locura fue un proyecto. Cuando seleccionaron el mejor proyecto para el concurso que se estaba realizando, no fue un día feliz, Luka no había ganado. Después, las becas. Con pocas posibilidades de ser rechazado, lo fue; y lo que para él fue peor, uno de sus "inferiores" "amigos" recibió la gratificación de su vida. La que mi hermano veía para sí mismo como un hecho. Esto de por sí ya había causado un daño en su seguridad. En lo que él creía ser. Y después, la chica de rizos chocolate y piel aterciopelada. Fue Julio, su amigo, quien también había ganado "su" beca, quien se había adelantado con Atalanta. «¿Qué importa?» Me encontré pensando muchas veces. Nada de eso parecía valer nuestra vida.

La semana no fue bonita. El lunes por la tarde, Iván y mi amiga Anya me visitaron. Estábamos por ver una película en mi habitación, las luces estaban apagadas, y nosotros sentados en la cama con un montón de chucherías.

—Oye, ¿quieres pasarme l…? ¿Qué rayos? —Se interrumpió Anya a sí misma cuando, mientras me hablaba, el foco de la habitación se encendió.

Todos nos volteamos a ver, la consternación se reflejaba en cada uno de nosotros. Sentí un escalofrío recorrerme la espalda, hasta llegar a mi nuca y desplazarse por mis brazos. Iván tenía los ojos llorosos, como si hubiera reconocido un mal recuerdo que no sabía cuánto le afectaba. Pasaron solo un par de segundos, y la luz se volvió a apagar. La televisión permanecía encendida, arrojando una débil luz azul en nuestros rostros. En ese momento la puerta del cuarto se cerró de golpe. Mi primer instinto fue cerrar los ojos, y tomar de la mano a mi amigo más cercano.

—No sirve huir, ya son míos de igual manera —advirtió una voz susurrante.

Se oía lejana, pero sentía su aliento en mi oído, sentía cómo su voz se metía en mi mente y comenzaba a rasgar el interior de mi pecho.

—No se resistan.

Solté a mi amigo y tapé mis oídos con fuerza. Comencé a rasguñar mi cráneo como si esperara que de esa manera las palabras fantasmales salieran de mi mente. No estoy segura cuánto tiempo pasó, ni del orden de los eventos. En un momento, sentí a Iván aferrándose a mi brazo con ambas manos. Él lo supo antes que yo, pues a los pocos segundos, sentí que alguien tiraba de mi cintura hacia arriba y fuera de la cama. Grité y me sujeté de Iván con fuerza, algo me seguía tratando de arrastrar, pero no me atrevía a abrir los ojos.

—¡Basta! ¡Ya, paren!

Sentí la luz chocar con mis párpados, a su vez, mi cuerpo caía al suelo.

—¡Alyssa! ¿Estás bien? ¡Alyssa, habla! —Escuché la voz de Anya cerca de mí, hablando atropelladamente—. Estás bien. Estás… ¡Iván! ¿Estás bien?

Poco a poco, el frío retrocedió, fue solo entonces cuando reuní el valor para abrir los ojos. Anya estaba sentada a mi lado, sosteniendo mi mano y el brazo de Iván a la vez, tenía los ojos enrojecidos, en cuanto vio que abrí los ojos me ayudó a levantarme y apoyarme en la cama. Iván tenía el cabello negro revuelto, también le escurrían lágrimas por el rostro. Los tres respirábamos con dificultad, los pulmones me ardían.

—¿Qué… qué pasó?

—No tengo idea. Ustedes… —empezó Anya a relatar lo que había pasado.

Ella no cerró los ojos, se quedó quieta en un rincón del cuarto, expectante a todo lo que acontecía con sus dos amigos.

Cuando la puerta se cerró, ella retrocedió hasta la esquina de la habitación. Las luces estaban apagadas, pero podía ver perfectamente nuestros movimientos con la espectral iluminación del televisor; Iván y yo comenzamos a convulsionar, solo por unos segundos, después nos quedamos quietos y empezamos a murmurar cosas, mencionó cómo me tapé los oídos, cómo Iván me tomó del brazo, y finalmente cómo alguien me tiraba de la cama. No lo pudo soportar más, abrió las cortinas y encendió las luces. Pero Anya no escuchó ninguna voz. Creí que me estaba volviendo loca; sin embargo, cuando Iván preguntó si ella había visto a quien nos amenazaba, Anya dejó muy en claro que nadie, además de nuestros gritos, se había escuchado. Todos estábamos muertos de miedo en ese punto. Antes de irse, mi amiga me ofreció que me quedara en su casa, pero rechacé su oferta, quise quedarme y contarle a mi hermano, tampoco podía dejarlo solo después de lo que acababa de pasar, aunque él no hubiera estado.

—¿Qué escuchaste? —Me preguntó Iván de la nada antes de marcharse, cuando nos quedamos solos.

—Alguien me reclamaba de su propiedad.

Él asintió, dándome a entender que también lo había escuchado. Nos quedamos un rato en silencio, y después regresó a su casa.

Luka regresó a casa más noche de lo usual. Eran las diez, y yo estaba a punto de perder los nervios, cuando la puerta de la entrada se abrió y dejó ver a al chico que apenas y podía sostenerse. Corrí a ayudarlo, pero no me dejó acercarme lo suficiente como para tocarlo, me evitó descaradamente.

—Luka, ¿qué está mal? Luka, algo pasó.

Él ni siquiera me miraba, pero ya le había dado suficiente espacio, y me acerqué antes de que cerrara la puerta de su habitación.

—Tienes que escucharme, Luka, en la tarde estaba con Iván y Anya, y… Algo malo está pasando, nos atacaron. Luka, por favor, escúchame.

Dije todo apenas deteniéndome a respirar. Mi hermano apenas me miró.

—Largo. —Su voz seca me hizo dar un salto.

—¿Disculpa? —Me planté frente a él, bastante ofendida—. No, dime qué te pasa, yo… ¡Oye!

Protesté cuando de la nada mi hermano me tomó del brazo y me jaló bruscamente fuera de su habitación, me empujó contra la pared y cerró su puerta, dejándome afuera.

En ese momento no sabía qué pensar, trataba de hilar diferentes situaciones para justificar su comportamiento, pero jamás me había tratado así, nunca. Las lágrimas comenzaron a salir de mis ojos, realmente más por miedo que por dolor físico o emocional. Estaba desesperada, me sentía impotente. Me quedé dormida en el sillón de la sala, pues tenía miedo de regresar a mi habitación.

Mis sueños no pudieron ser peores.

Me encontraba ahí mismo, en mi casa, todo estaba oscuro, casi pensé que había despertado, de no ser porque vi a Iván sentado en el suelo, junto a mí.

—Aly, escúchame bien, Aly… Algo pasó, lo de tu habitación no fue al azar. Nos afectó a ti y a mí —empezó a hablar, sin embargo, yo tenía la mente aún muy confundida y todo para mí era borroso—. Alyssa ¡Dios! Escúchame. Concéntrate. No tenemos mucho tiempo.

Logré sentarme.

—Iván… Tú… ¿no te fuiste a tu casa?

Él me miró casi con lástima, parecía que se disculpaba, más con él que conmigo.

—Alyssa, no confíes en mí, algo pasa, no estoy seguro, pero no puedo controlar mi cuerpo, no sé cómo decirlo, no estoy en mí. No confíes en él, en mí. Solo… yo te daré una señal. Estaba a punto de responder cuando algo me trajo a la realidad, abrí los ojos, ya era de día; Luka me sacudía del hombro, y había un plato con tortitas y fruta picada en la mesita frente a mí. Lo miré, probablemente reflejando tanta confusión como nunca en mi vida.

—¿Estás bien? Te encontré aquí en la mañana, ¿qué te quedaste haciendo? —preguntó mi hermano de forma casual, usando un tono tan inocente que, de no haber sido su blanco la noche anterior, habría creído que no había pasado nada fuera de lo normal.

—¿Qué te sucede? —pregunté sin rodeos.

—Pues… es el desayuno que suelo hacer, ¿qué te pasa a ti? Estás a la defensiva.

Creyendo que tal vez había sido un sueño, me disculpé y procedí a comer lo que mi hermano había servido. Él se despidió y partió al trabajo. Yo subí a darme una ducha, esperando que me ayudara a aclarar mi mente. Pero todo se volvió más real. Al verme en el espejo contemplé moretones en mis brazos, espalda y hombros, los que supuse, correspondían a donde mi hermano me había jalado y empujado contra la pared, y al punto de donde Iván me había sujetado cuando alguien más trataba de alejarme. Recordé mi sueño, así que traté de contactarme con Iván, pero no obtuve respuestas.

No me sentía bien, quería alejarme de toda esa locura, así que tomé mis cosas y me dirigí a casa de una amiga. A pesar de haberme esforzado en pasarla bien ese día, no pude olvidar nada de lo que había ocurrido el día anterior. Al final tampoco pude regresar a casa. Mandé un mensaje a Luka, avisando que me iba a quedar con una amiga a dormir; no obtuve respuesta, pero Luka había visto el mensaje, me conformé con eso, y decidí dormir y olvidar lo que estaba pasando.

Nuevamente, me gustaría haber hecho algo diferente, si hubiera insistido un poco más tal vez pude evitar muchas desgracias.

Al día siguiente, después de desayunar, regresé a mi casa. Mi hermano ya no estaba, y ciertamente no quería estar sola ahí, entonces recordé repentinamente lo que unos días antes había faltado, así que, después de cambiarme de ropa, fui a la florería, compré un ramo de lirios y un ramo de lavandas, y me dirigí al cementerio.

Ir a ese lugar siempre me había causado escalofríos, hasta que murieron mis padres, fue entonces que se convirtió en un lugar pacífico para mí. No había muchas personas, solo los cuidadores y unos cuantos visitantes. Ese día volví a sentir que alguien venía tras de mí, y con lo que había estado pasando en los días anteriores mis temores solo se acrecentaban. Salí de ahí, de regreso a mi casa. Con las horas, mis nervios solo se desbordaban. Hasta que llegó la hora de llegada de Luka, esta vez llegó más temprano, aún no terminaba de oscurecer.

Entró por la puerta, hacía días que no entablaba una conversación con él, y parecía que la situación no iba a cambiar. Lo observé dirigirse a su cuarto, con actitud taciturna y paso firme. Esta vez no traté de seguirlo.

No pasaban de las once de la noche cuando recibí la llamada. Sonó el teléfono de mi casa, no mi celular, así que tardé unos segundos en contestar.

—¿Bueno?

Un sollozo al otro lado de la línea.

—A-Alyssa, soy Luciana —dijo la madre de mi mejor amigo con un tono de voz que, si bien en su momento me heló la sangre, no tenía idea de lo mala que su noticia sería. Iván estaba muerto.

No logré comprender sus palabras en un inicio, de hecho, pregunté varias veces, para asegurarme de haber escuchado bien, lo que supongo fue una crueldad para su madre, tener que repetir que su hijo estaba muerto. Cuando colgué el teléfono aún estaba en shock, no sabía qué hacer. Todo parecía irreal. Mi corazón latía rápidamente. Iván estaba muerto. La policía dijo que se había suicidado. Era, por mucho, lo más estúpido que había escuchado, no podía asimilarlo. Corrí hasta la puerta de la habitación de Luka, toqué la puerta con desesperación. Las lágrimas tibias ya corrían por mis mejillas, apenas y podía ver a través de mis pestañas empapadas.

—Luka, por favor, abre. ¡Luka! Por favor —grité frente a la madera que permanecía cerrada, golpeé con más ahínco—. ¡Luka! ¡Iván, es él, está muerto! ¡Abre, Luka!

Escuché la puerta crujir, sintiendo un ligero consuelo crecer en mi pecho. Mismo que se rompió cuando, después de tratar de abrazar a mi hermano, él me apartó bruscamente y me propició una bofetada que me tiró al suelo. Apenas y pude dar un pequeño suspiro, no sabía qué hacer. Lo miré desde el suelo, sintiéndome, por primera vez en la vida, verdaderamente inferior a él.

—Cá-lla-te. No tengo tiempo para tus dramas, idiota. —Me dijo viéndome desde arriba, con el tono más frío y repulsivo que jamás le había oído emplear—. La gente muere. Entérate. Cerró su puerta con un estruendo.

Jamás había llorado tanto como esa noche. Jamás me había sentido tan desolada. Cuando murieron mis padres tenía a mi hermano compartiendo mi pena, y a mi mejor amigo siendo el soporte de ambos. Ahora no tenía nada.

Me quedé en el suelo del pasillo, con frío, sintiendo pena por mí misma. Me odié. El cansancio y la deshidratación terminaron por vencerme, y caí dormida.

Soñé por segunda vez en esa semana con Iván, o eso creí. —Ahora sé lo real que fue todo—. Mi amigo estaba arrodillado junto a mi cuerpo, cuando reparé en él me puse de pie en un segundo. Probablemente hubiera llorado, de no ser porque ya no había más líquido para llorar. Ahora, si sentía miedo o alivio es algo que aún no sé.

—Alyssa, ya no hay tiempo. Tienes que romper el portarretratos.

Su voz tenía el mismo timbre, pero parecía más lejana. Él lucía como la última vez que lo vi, ni siquiera parecía un fantasma, su piel tenía el mismo tono moreno de siempre, sus ojos no parecían haber perdido vida.

—Es que no soy yo quien perdió la vida, fue mi cuerpo, este soy yo —dijo, leyendo mis pensamientos.

—No te suicidaste, ¿verdad?

El me miró como quien mira a un niño que pregunta a dónde fue su mascota.

—Rompe el portarretratos negro, lo sabrás. Quita la foto, y luego rómpelo.

Asentí, tratando de memorizar cada gesto, su voz, y de no olvidar sus palabras al despertar. Acerqué mi mano a la suya, pero cuando volví a mirar, él ya no estaba. Pero escuché su voz en el viento una última vez:

—Aléjate del espejo, aléjate de Luka.

Y me desplomé.

El siguiente día fue cansado. Me vestí completamente de negro, por segunda vez en mi vida, y asistí al cementerio al funeral de mi mejor amigo. Quisiera haber podido hacer más en su memoria, pero la verdad es que apenas y recuerdo el funeral. Agradecí que estuviera nublado, no habría podido soportar un sol radiante ese día. Horas antes, cuando fue el velorio, me acerqué a él, no podía dejarlo ir sin una última despedida, parecía dormido.

Al salir, encontré a su madre, hablamos muy poco. Pero, de alguna manera, lo que Iván quería se había cumplido sin haberle mencionado nada a su madre.

—Ven, hay… algunas cosas que sin duda te pertenecen.

La acompañé a su carro, sacó una caja grande repleta de cosas de él, y la puso en mis brazos. Vi, entre todo, el brillo de las hojas de ginkgo. Observé a la madre de mi amigo. Presentí, de alguna manera, que sería la última vez que hablaríamos, a pesar de vivir a unas calles de diferencia. Coloqué la caja a mis pies con cuidado.

—Él… es la mejor persona que pude haber conocido —atiné a decir.

Debatí internamente varios minutos, entre decirle a Luciana que su hijo no se pudo haber suicidado, o decirle que estaba en un lugar mejor. Lo primero era cierto, pero no sabía si le daría más paz a la mujer; lo segundo era basura, lo sabía bien, de una forma egoísta no había mejor lugar en el que Iván podría estar que a su lado, a nuestro lado.

—No dude en llamarme si necesita saber algo. Lo amaba, era un gran amigo.

Fue lo último que dije, le di un abrazo, tomé la caja, y regresé al auto que me habían prestado para ir ese día. No entré a mi casa hasta unas horas después de haber llegado. Llevé la caja hasta mi cuarto, cerré con llave, y me fui a dar una ducha. De regreso, si bien el agua no se llevó una sola de mis preocupaciones, me sentía menos aturdida. Entré a mi habitación, y volví a cerrar con llave. Hasta el momento no había señales de Luka. Abrí la caja, no saqué el portarretratos, como debió ser desde el primer momento, primero me fijé en un proyecto de la primaria, uno que no sabía que aún conservaba, era sobre nuestros sueños de mayores, aquel en el que dejamos claro que, a donde fueran nuestros caminos, iríamos juntos. Me dormí pensando en que no tendríamos más tiempo.

Cuando desperté era media noche, todo estaba hundido en las penumbras. Encendí la luz, y recordé la petición de Iván en mis sueños. Retiré la foto del marco, observándola unos segundos. Entonces tocaron la puerta de mi cuarto.

Por supuesto que tenía miedo. Los recientes acontecimientos no eran para menos. Aun así, con el portarretratos en mano, abrí la puerta.

—¿Quieres cenar?

Me sorprendí viendo a Luka, frente a mí, con un plato de tortitas y una malteada de chocolate. Su tono era dulce, comprensivo, parecía que se disculpaba por los últimos días. No obstante, sus ojos oscuros estaban apagados, fríos, indiferentes. En su momento no le quise dar importancia, me sentía tan sola, que me aferré a la esperanza de que mi hermano estuviera volviendo a mí. Lo abracé. Me acompañó mientras cenaba. No hablamos. No me sentía cómoda. Y aun así volví a dormir. Al despertar, el sol estaba saliendo, la luz de sus primeros rayos se colaba por mi ventana, el cielo estaba despejado, el clima fresco y húmedo. Por primera vez en días sentí mi cuerpo descansado. La tranquilidad no duró mucho.

No tardé mucho en caer en cuenta de la ausencia de mi hermano, y junto con él, el portarretratos. También vi otra cosa, el proyecto que Iván y yo habíamos hecho tirado en el piso, despedazado, no parecía un accidente. Sentí que la furia hacía hervir mi interior, lloré de puro odio. Salí de mi cuarto, gritando el nombre de mi hermano con todo el rencor que tenía. Mientras bajaba las escaleras pude oler, nuevamente, tortitas recién hechas y café.

—Luka, ¿qué demonios te pasa? —grité con voz quebrada mientras caminaba a la cocina.

—Alyssa… ¿estás bien? —Luka salió de la cocina, completamente desentendido, y aparentemente consternado al verme llorando—. ¿Qué tienes? Ven.

Para mayor sorpresa, me abrazó. Durante unos segundos no hice nada, me quedé quieta, sentía que observaba todo desde afuera. Pero recordé su traición, y me solté bruscamente de su agarre. Me miró con preocupación.

—Aly…

Su voz me regresó a la realidad. Me recordó el odio que crecía en mí.

—¡Maldito seas! ¿Qué carajos te pasa? ¿Por qué lo rompiste? ¿Dónde está el portarretratos?

Le grité.

—¿De qué rayos hablas? —Me miró confundido.

—No te hagas el idiota.

—¿Qué te pasa? No te veo en días y vienes a insultarme.

—¿En días? —Parecía tan sincero que me hizo enojar aún más—. Anoche fuiste a hacerte el amable, imbécil. Dame el portarretratos de Iván.

—¿Por qué lo iba a tener yo? Ve y pídeselo.

Me quedé callada, impactada. Fui contra él. Luka era más alto que yo, y mucho más fuerte, pero solo quería herirlo. No podía creer que fuera tan descarado. Le di un puñetazo en el rostro, pero no mucho más, tomó mis manos y me miró como a una loca.

—Yo no te he visto desde hace días. Cálmate, ya me voy, ojalá cuando vuelva estés más tranquila.

Salió enojado dando grandes zancadas hacia la puerta. Me quedé parada en la cocina, reflexionando sus palabras. Él no había ido a mi habitación. Él no sabía que Iván estaba muerto. Mi cerebro lo entendía, pero era tan irreal que me negaba a aceptarlo. Subí rápidamente a mi habitación, tomé mis llaves y mi teléfono y me dirigí fuera de la casa, pero solo puse un pie al otro lado de la puerta cuando lo recordé "el portarretratos". Quería irme. Pero no podía ignorar las últimas palabras de mi mejor amigo. Regresé.

No cerré la puerta. No era así de tonta. Fui a la sala, y la vi, sentada en el pequeño sillón frente a la ventana, donde solía sentarse, el cabello rubio cenizo en una coleta baja sobre su hombro… Sostenía lo que estaba buscando.

—Aly, mi niña, hace tanto tiempo que te espero. Solo necesitas regresar tu foto al marco. Y volveremos a reír, a ver películas, tu padre nos espera. —Estiró su mano hacia mí—. Toda la eternidad…

Su voz suave se colaba en mis oídos, el acento italiano notable, me trasladaba a otra época, donde no sentía dolor. Pero sabía bien la ilusión que había ahí. Me acerqué a la proyección de mi madre, ella me ofreció el portarretratos y señaló una foto mía en la mesa de centro. Tomé la fotografía primero. Luego el marco negro…

—Púdrete.

Lo tiré con fuerza en el pisó, rompiéndose el cristal. No estoy segura de cómo pasó. Pero vi a Iván, su cuerpo, y frente a él, a mi verdadero mejor amigo. No entendí mucho. Pero mi amigo tomó su propio cuerpo por las manos y clavó un cuchillo en su garanta. Entendí por qué dijeron que se había suicidado. Regresando en mi casa, una sombra negra se cernía sobre mí. Mostraba rostros agonizantes. Luego se desvaneció. Perdí la conciencia.

Me levanté del suelo, completamente desorientada. Anya estaba a mi lado, sacudiéndome.

—Alyssa, ¡oh, por Dios!, ¿qué pasó? La puerta estaba abierta, vámonos, llamaré a la policía.

—No, no, todo está bien... Yo... la dejé abierta, regresé por algo y... caí.

Pude ver en su rostro que no me creía una palabra.

—Alyssa, sabes que puedes confiar en mí, ¿no?

—Lo sé, pero ahora... No sé qué está pasando. Aunque creo que sé lo que le pasó a Iván —dije dudando.

—¿Tiene que ver con lo que pasó el otro día? —Me interrogó, pero no parecía juzgarme.

—Sí, yo... aún no lo sé. Tuvo que ver con el... con esto —dije mientras me acercaba a los pedazos de ónix roto.

—No tiene sentido... Vamos a mi casa, no puedes quedarte más aquí, te hace mal. Vamos.

Me ayudó a levantarme, pero me detuve en seco.

—No, yo... hay cosas aquí, y... Luka, no puedo dejarlo.

Anya se quedó parada frente a mí, pude leer en su expresión que estaba comenzando a preocuparse seriamente por mi estado mental.

—Me quedaré entonces. No tienes que contarme. Yo estaré aquí abajo, si me necesitas solo grita, ¿bien?

Consideré su oferta, asentí, la abracé y fui escaleras arriba. Ojalá me hubiera ido con ella hacia otro lado.

Pasé el día en mi habitación, tratando de reparar el bonito recuerdo de Iván. Había algo que aún me tenía intranquila. No recordaba otra de las advertencias de Iván: el espejo y Luka. Bajé a cenar con Anya, le hablé de todo lo que había estado soñando, pero me guardé haber visto a mi madre.

—Aly... No sé qué decirte. No, no, ¡Por supuesto que te creo! —dijo después de ver mi desilusión—. Es solo que... Parece tan irreal...

No tenía qué decírmelo, yo no termino de creérmelo aun ahora. En ese entonces estaba completamente en las tinieblas, estaba cansada.

—¡Luka!

Anya exclamó viendo a mi espalda, yo volteé, Luka nos miró con los ojos entrecerrados y sin decir palabra se fue a encerrar a su habitación.

—Sigue molesto por todo lo que le dije. Pero no entiendo... ¿cómo es que no recuerda nada? ¿cómo es que no sabe que Iván murió?

Mi amiga pareció recordar algo, abrió los ojos aún más y se tapó los labios con ambas manos.

—¡Pero qué tonta! —dijo refiriéndose a sí misma—. No lo sabes, y con todo esto olvidé decírtelo. Alyssa, Julio tuvo un accidente. Fue el mismo día del entierro de

Iván. Fue algo atípico, presuntamente se suicidó, saltó del puente cerca de la escuela. Me quedé estática, otra muerte, otro supuesto suicidio.

—¿Sería algo como…? —Ella dejó la frase en el aire.

No hablamos más esa noche, sus papás fueron a recogerla más tarde, y yo subí a dormir. Todo había pasado en dos semanas.

Durante esa noche, y esa madrugada, viví la peor pesadilla de mi vida.

Apenas me dormí soñé con el día en el que vimos a Julio en la tienda de antigüedades. Nos visualicé a Luka y a mí detrás de la madera, y, después de verlo de otro ángulo, descubrí que era un gran espejo de cuerpo completo. Escuché de nuevo la voz de mi hermano susurrar su odio. Luego, igualmente en la tienda, Luka estaba colocando tres piezas al espejo, no sabía qué podían ser, pero no me gustaban. Mi hermano hablaba frente al espejo, pero no pude entender una palabra de lo que decía. Me desperté empapada en sudor. Miré el reloj, eran las cuatro de la mañana. No podía seguir durmiendo, así que fui a ver a Luka. Pero, al pasar frente a la ventana, vi tres figuras humanoides en el patio. Comencé a llorar de miedo. Entonces la puerta de mi habitación se abrió. Vi a mi hermano. Parecía mi hermano. Curiosamente, dudé de él, pero era la última vez que vería a quien de verdad era mi familia.

—Vámonos.

Fue todo lo que dijo antes de tomarme de los hombros y guiarme fuera de la casa.

—No, no, nos esperan. Luka, no.

De algún modo sentí a los tres demonios. Eso eran, creo que no lo había mencionado. Mi hermano se paró frente a mí, me miró a los ojos, parecía despierto por primera vez en días. Sus ojos destellaban con temor.

—¡No! ¡Yo nunca la ofrecí! —gritó a la nada.

Comprendí que estaba hablando con los demonios que antes habíamos visto. No pude evitar horrorizarme ante sus palabras.

—Todo tiene un precio, parecías saberlo —contestó una voz gutural—. Ahora, bien, estamos dispuestos a un intercambio.

Inmediatamente entendí su tono, la malicia y la trampa que destellaba en el timbre del demonio. "Estamos".

Mi hermano cerró los ojos.

—¡Acepto! —gritó.

Inmediatamente Luka se desplomó.

—¡No! ¡No! ¿A dónde lo llevan? —grité, ahora sabiendo perfectamente con quien trataba.

—Tranquila. —Apareció una mujer escalofriante frente a mí—. Sólo está cumpliendo su pago. La eternidad de esclavitud de su alma.

Su sonrisa era filosa. Cínica. Cruel.

—Arioch, no te apresures. —Salió un hombre a mis espaldas, alto, hecho de sangre y tinieblas—. ¿Un doble trato?

Noté que había algo más en sus palabras. Pero ¿el alma de mi hermano sirviendo en el Infierno por la eternidad? Ni pensarlo.

—Habla —dije con toda la firmeza que mi ser me permitía al estar en presencia de seres infernales.

—Podrías tomar una parte del castigo… Solo sería por el resto de tu vida. Pero cuando tu cuerpo muera, tu alma sería libre, y tu hermano sería liberado también.

Su sonrisa perversa me obligó a preguntar.

—¿Nos dejarán ir al Cielo?

Tres voces soltaron carcajadas al unísono.

—No depende de nosotros, niña, pero… Nosotros ya no tendremos poder sobre ustedes… ¿Aceptas?

Una tercera figura apareció a mi lado. Su presencia me causaba nauseas, escalofríos en la espalda y nuca, sentía mis labios temblando, y mis ojos comenzar a humedecerse. Los tres tendieron la mano. Lentamente levanté la mía, temblando escandalosamente. Con un suspiro tomé la mano del demonio que estaba frente a mí, sentí mi mano arder. Mi corazón se quemaba. De nuevo sentí que me desgarraban desde adentro. Las risas demoniacas retumbaron dentro de la casa. Mientras las figuras desaparecían yo me desplomaba. La siguiente vez que tuve conciencia de que estaba viva fue, también, cuando comprendí el precio que pagaría por el alma de Luka. Veía todo. Sentía todo. Pero no podía controlar mi cuerpo. Desde entonces soy consciente de lo que esos demonios hacen con mi cuerpo, destrozando en el mundo, cometiendo actos atroces que no puedo parar, pero sí puedo sentir. Veo a todos a mi alrededor desesperados, decepcionados de la persona en la que creen que me convertí. Pero no puedo hacer nada. Mi consciencia está atrapada en el cuerpo que solía pertenecerme, mi alma está obligada a compartir su espacio con un ser repugnante. Solo espero mi muerte con ansias. Aún sin la promesa del cielo, sé que mi hermano algún día volverá conmigo, y que, si tenemos qué vagar en la eternidad, lo haremos acompañándonos.

No obstante, guardo la ferviente esperanza de que un día nuestros padres nos reciban en la luz. Después de todo, ya comprendí la existencia del Infierno, el Paraíso debe de estar en algún lado.

POR OTRAS VÍAS

Por: Martina Estevan

Argentina, 1973 - Buenos Aires. Línea Belgrano, 8 h. Lunes.

Subió por primera vez en el tren una persona de tez pálida, aspecto inseguro y una expresión de sutil desconocimiento. Si bien su gesto parecía hablar por ella, también era posible percibir cierta actitud de convencimiento hacia sí misma de que todo estaría bien. Como si se diera palmadas en el hombro al tiempo que se repetía «No estés nerviosa, es un tren nada más».

La realidad era que Antonia estaba tensionada por deber afrontar un día que quizás cambiaría su vida para siempre, o al menos así de exagerado era el sentimiento que ella poseía al respecto.

Ese era su primer día en el mundo del trabajo, su primer día como bibliotecaria de un reconocido edificio en la Ciudad de Buenos Aires. Por lo tanto, así como su rutina cambiaba en ese instante y quizás por mucho tiempo más, cada movimiento del día sería nuevo, tenebroso, un poco desconfiado e inseguro. Antonia, sin embargo, no era una persona insegura en lo más mínimo, pero cuando un aspecto le resultaba tan importante para su vida, se dejaba influenciar un poco por esa adrenalina. Era por lo que ella, a partir de ese momento, visualizaba cada detalle del vagón como queriendo grabarse en la retina hasta el último asiento.

Con timidez, respiró un poco al confirmar que esa línea no estaba sumamente poblada como había imaginado, incluso todo lo contrario, las personas de ese tren y en ese horario se contaban con los dedos de las manos.

La mujer con el gato, el niño agarrado de otra persona mayor, el hombre con anteojos de sol que parecía estar durmiendo desde siempre en ese lugar, un par de adolescentes que volvían de una divertida noche, y él: un hombre de mirada perdida, quizás por el sueño, pensó Antonia. Cabello oscuro, tez clara, un perfume descaradamente seductor que se podía oler a distancia, y de esto no había pruebas, pero su sonrisa era la mejor de las virtudes.

Por un instante, Antonia se sintió invadida, como si él hubiera escuchado sus pensamientos. Como si por accidente se le hubiera escapado un suspiro. Y entonces, un cruce de miradas. La expresión de él cambió completamente al encontrarse con los ojos de Antonia. Ojos color café, y ojos color verde, ambos colores se fundieron. Pareciera que se despabiló de un golpe, y su aspecto tan seductor se volvió de pronto un tanto tímido.

Nadie negaría jamás la química y la conexión que se hizo presente en ese momento. Pero como todo lo mágico, terminó rápido. La parada de Francisco fue la siguiente.

Y, además, si bien Antonia tomaría esa línea a partir de ese momento por las mañanas siguientes, Francisco se encontraba allí de casualidad, confundido entre paradas y agotado por tanto movimiento. Ese lugar no sería recurrente para él, o al menos no hasta ese instante. Porque luego de esa descarga que había experimentado en cada rincón de su cuerpo, y ese escalofrío, repetiría el día y horario en esa línea para volver a verla.

El próximo lunes. Misma línea, mismo horario.

Allí estaban, ambos. Antonia, pasada una semana exacta desde aquel primer día de trabajo, ya se había adueñado completamente del mismo, se movía distendida y relajada por este lugar que una semana atrás la había perturbado. Ahora su energía ya recorría el tren como si se tratara de una rutina de toda la vida.

Entró Francisco al vagón. Se acercó al asiento de Antonia.

No hicieron falta muchas palabras. Si bien él era una persona reservada y tímida, con ella las cosas serían muy diferentes. Nunca dudó en buscarla, en acercarse, ni tampoco flaqueó al instante de comenzar su historia de amor.

—Soy Francisco, quiero pasar el resto de mi vida con vos. Pero hagamos de cuenta que no digo esto, y mejor comencemos como lo harían otras personas. ¿Qué haces por acá? ¿Cuál es tu nombre?

—Hola Francisco, voy a pensar un poco en tu propuesta. Pero te sigo la corriente en simular una charla trivial, y dejaré a mi imaginación divagar en la posibilidad de que seas el hombre de mi vida.

No fue importante lo que vino luego, salvo que se agarraron la mano y nunca más se la soltaron. Ambos se contaron sus vidas enteras, y se invitaron a compartirla juntos.

Con el único problema de que el tren no para cuando la vida de los demás se detiene, porque las cosas no funcionan de esa manera. Cuando los corazones dejan de latir, el tren parte nuevamente y recorre las vías en dirección automática. El tren no se detiene jamás.

Antonia y Francisco nunca más volvieron a tomar el tren juntos. Francisco no tenía por qué hacerlo, no debía ir hacia ningún lugar por esa línea. Antonia siguió yendo a la biblioteca cada día en ese vagón, sintiendo durante cada recorrido el recuerdo de cómo se conocieron, de cómo inició su historia. Así fue por tres años más.

Argentina, 1976 - Buenos Aires. Línea Belgrano, 13 h. Jueves.

Luego de tres años y algunos meses, Francisco sentía que sería el día más importante de su vida. Tenía planeada una increíble propuesta para Antonia. No giraba tanto en torno al matrimonio realmente, sino que refería a la culminación con papeles de una etapa más tranquila, y una declaración de amor eterno hacia ella. Nunca dudó en proponérselo en el lugar en donde se conocieron, por eso es por lo que se encontraba ese día allí. Tenía un anillo poco elegante, más llamativo (como ella prefería), tampoco tenía una gran fortuna ni estaba en el mejor momento para gastar su sueldo en algo que sabía, no era importante. El anillo no era importante, su declaración sí lo era.

Con ansiedad, esperaba sentado a que Antonia se sorprendiera al verlo en ese lugar, en esos asientos donde todo había comenzado años atrás. Ella volvería de la biblioteca en ese horario, se subiría al tren, y entonces sería el día más feliz junto con el comienzo de una vida intensa.

Pero nada de esto ocurrió como lo planeado.

Antonia no subió a ese tren. Desapareció, así como se desvanecen los sueños y las ilusiones que un amor no pudo asegurar en la realidad. Una realidad cruel que inundaba las vidas por su contexto. Antonia fue víctima del terrorismo de estado y las torturas de la dictadura en el país.

Francisco hubiera elegido ignorar tan atroz historia que los envolvía, y la habría apoyado porque de esa persona estaba enamorado, de sus convicciones, su ideología y valentía por defender sus ideales. Pero, así como nada de lo planeado salía de la manera prevista, Francisco ese día la detestó por esconder libros en su biblioteca, que sabía, no eran aceptados. Y mucho peor aún, temía enterarse además de cómo Antonia escondía gente en el sótano del edificio en el que trabajaba. Él siempre preferiría ignorar los acontecimientos que lo llevarían a sentir el resentimiento más egoísta hacia ella. Por haberle causado una vida de infelicidad, por quitarle el amor en su vida, después de perder al amor de su vida.

Argentina, 1990 - Ciudad de Mendoza.

Habían pasado catorce años desde la última vez que lo vio, y no sabía ya qué buscar, porque tampoco sabía qué esperaba encontrar. Pero la vida la había golpeado demasiado como para dejarse asustar una vez más, y no era de esas personas dispuestas a morir sin intentarlo. Por lo que, hizo uso de todo lo que había aprendido en sus años de trabajo en búsqueda de personas (tenía allí una especie de fijación entre su historia y lo que pudo lograr luego).

Fue tan simple como lo esperaba, averiguó rápidamente el lugar en donde Francisco residía, y fue a buscarlo.

Antonia había pasado gran parte de esos catorce años en un estado de confusión total, causado por momentos de tortura extrema, así como el trauma psíquico que los acontecimientos le hicieron padecer. Sólo transcurridos los primeros largos años de una amnesia desgastante pudo por fin ponerse en campaña para buscar a su familia, y como aquello que encontró le resultó insoportable, no se animó a seguir por Francisco. Eligió imaginar que estaría feliz, que nada malo jamás le había ocurrido.

Hicieron falta muchos años de duelo por lo perdido, y de aceptación por lo que ella era actualmente, hasta ser lo suficientemente valiente como para ir por él. Y ahí estaba, camino a su país, después de tanto sufrimiento y la ruptura total de la persona que ella era cuando lo conoció. Ese vuelo de Europa hacia América ya era doloroso. Pero el trayecto de Buenos Aires a Mendoza resultaba desbordante, estaba en presencia del tope de palabras.

Y entonces, llegó el día, el momento, el segundo. Temblorosa, se subió al tren de Mendoza, camino a una dirección desconocida. Algo absurdo como un número, una calle, un departamento, que nada más que eso le decía.

Pero fue en ese instante, donde cruzó la puerta del vagón, que sus ojos no pudieron creer lo que tenían enfrente. Sentado ahí mismo, con una mirada perdida, solo. Como si una escena de hace diecisiete años atrás se repitiera. Antonia respiró, inhaló y exhaló.

—¿Francisco?

Sus ojos se abrieron como nunca nadie más lo haría. Su expresión se desarmó completamente, su pecho subía y bajaba con excitación. Y otra vez, la ilusión de que su sonrisa sería lo más encantador que alguien pudiera ver, Antonia lo confirmó.

Pero, contra toda esperanza de que un final mejor los sorprendiera, las próximas palabras que salieron de su boca fueron:

—Me arruinaste para siempre, y no te lo voy a perdonar.

Esta historia nace y muere en un tren. No en el mismo, pero sí en las vías. También en este instante los carriles continúan sus trayectos sin chocarse con otros, esa es otra diferencia que tienen los trenes y las personas. La gente choca, la gente cambia el rumbo, las decisiones convierten reacciones en efectos, los sentimientos nunca son automáticos ni los maneja una locomotora todos los días de la misma forma. Los trenes calman, a veces. Los trenes cuentan historias que las personas viven, y allí quedan guardadas, en los mismos vagones.

Francisco la empujó por las vías, sin mucho drama ni esfuerzo. Antonia se dejó caer casi agradecida por terminar con su eterno padecer.

El amor es para siempre y es en los trenes de Argentina. Su alma sigue cayendo todos los días en el mismo horario. Hay un mito en la ciudad de Mendoza que todos conocen, pero nadie repite: un alma en pena solloza y grita por su amado Francisco en la línea B. Aquellos curiosos que han investigado más a fondo este rumor, comentan que lo ven a él, tomando ese tren, todos los días a la misma hora, derramando una lágrima en el lugar exacto en donde la asesinó.

TESORO MALDITO

Por: Estefanía González

Vicente limpió el sudor de su frente y miró con cansancio el tramo que le faltaba por escarbar. El sol estaba en su punto máximo y aunque estuviera tan cansado, tenía que seguir con su trabajo, pues el tener una familia implicaba construir una casa en donde pudieran habitar y pasar el resto de su vida. Aunque estaba muy agotado y el sol no ayudaba en mucho, decidió continuar con su labor.

Le inspiraba saber que muy pronto tendría un lugar al que llamaría "hogar" y sobre todo compartirlo junto a la mujer que había escogido como compañera de vida. No importaba si terminaba muerto del cansancio y si su piel ardía por pasar tanto tiempo bajo el sol, porque estaba seguro de que su mayor recompensa sería el poder decir con orgullo que él mismo había construido esa casa.

El tiempo transcurrió y con la llegada de una tarde fresca, Vicente pudo descansar por unos minutos en los que bebió un poco de agua que su esposa le había llevado.

—¿Ya casi acabas? —preguntó Rosa.

—No, construir una casa no es tan fácil —respondió Vicente, al mismo tiempo en que le regresaba el vaso que contenía el líquido que le había devuelto la vida a su cuerpo.

—¿Todavía no irás a la casa?

—No, estaré aquí una hora más, si quieres vete tú y dale de comer a los niños.

—Está bien, te veo en la casa entonces.

Tras estas últimas palabras, Rosa recogió los vasos y la jarra de agua que había llevado consigo, mientras que Vicente tomó el pico y continuó escarbando en la tierra, quería apresurarse para poder regresar a la casa que le habían prestado sus padres y descansar. Estaba tan concentrado en su trabajo que no puso atención a la despedida que le dio su esposa.

Siguió escarbando, cuando de pronto el pico pegó en algo duro, al principio creyó que se trataba de una piedra, pues durante el día había sacado demasiadas piedras en el tramo en que trabajaba, así que volvió a golpear en el mismo lugar para poder sacarla, pero cuando lo hizo, logró sacar lo que parecía ser algo metálico. Ante eso, Vicente se extrañó y se agachó para recoger aquel objeto que había encontrado.

Lo tomó entre sus manos y quitó la tierra que lo cubría, pues tenía demasiada. Una vez que logró limpiarlo un poco, detalló el brillante color que poseía. No hacía falta ser un orfebre para saber que aquel objeto estaba hecho de oro puro, y en cuanto la realidad lo atravesó, abrió los ojos sorprendido. Volvió a limpiar con desesperación, intentando comprobar lo que ya sabía, así que en cuanto comprobó que aquello era una moneda, empezó a escarbar con sus propias manos, importándole muy poco que se estuviera haciendo daño. Mientras más removió la tierra, se dio cuenta de que en ese lugar estaba enterrada una olla de barro.

Ante su desesperación por sacarla, se puso de pie y tomó el pico de nueva cuenta para continuar escarbando y así poder sacar aquella olla; hacía falta poco. En cuanto la pudo remover, no perdió el tiempo. La sacó empleando demasiada fuerza, ignorando la tensión dolorosa en sus hombros y las heridas que adornaban a sus manos. Una vez que la sacó, se sentó en el piso y miró las monedas plateadas y doradas que se asomaban por encima. No pudo evitar sonreír en grande, esto parecía un sueño, no podía creer que había encontrado una olla repleta de monedas valiosas que seguramente le cambiarían la vida.

Vicente miró a sus costados, para comprobar que nadie lo estaba mirando y, sin perder un minuto más de tiempo, se levantó con la olla en manos y comenzó a correr, olvidando por completo las herramientas que había estado utilizando. El cansancio en su cuerpo se esfumó y aunque la vasija era pesada, no iba a rendirse, tenía que llegar a su casa y poner a salvo lo que ahora sería su fortuna.

—¡Rosa! —gritó Vicente en cuanto divisó a su mujer a fuera del patio de la casa de sus padres—. ¡Ven a ayudarme!

La mujer corrió en su encuentro y se extrañó al mirar lo que traía su esposo, sin embargo, eso no fue lo que llamó su atención, sino que ella miró las heridas en las manos de su esposo de las cuales escurrían sangre.

—¿Qué te pasó? —preguntó Rosa mirándolo con preocupación.

—No importa qué me haya pasado, mejor ayúdame a llevar esta olla adentro.

Vicente tomó una de las orejas y su esposa la otra, para equilibrar el peso. No tardaron mucho en llegar a su cuarto, pues su prisa era muy notoria.

—Cierra la puerta, atráncala —ordenó a su esposa, quien se apresuró a hacer lo que le pedía.

Rosa no comprendía qué estaba pasando, no tenía mucho tiempo de haber llegado a su casa, cuando su esposo apareció con las manos heridas, la ropa sucia y la olla que pesaba demasiado. Se acercó a su esposo, quien se encontraba en la cama, limpiando rápidamente su hallazgo con un trapo.

—¿Qué es eso, Vicente? —preguntó con temor, pues no le daba buena espina lo que estaba viendo.

Vicente dejó lo que estaba haciendo y miró a su esposa. Con una sonrisa en los labios se acercó a ella y la abrazó tan fuerte que Rosa sintió que la estaba asfixiando. Estaba tan confundida y un abrazo no lograba que sus pensamientos se volvieran claros.

—¿Ves esto? —inquirió, enseñándole unas monedas de oro—. Esto nos acaba de cambiar la vida para siempre.

—¿De quién es eso? —preguntó la mujer con preocupación—. ¿A quién se lo robaste?

—No digas tonterías mujer.

Vicente se alejó de su esposa y caminó hasta estar otra vez a un costado de la vasija, la cual era un tesoro para él. No podía estar alejado de ella, era como un imán que lo atraía y a él le gustaba mucho.

—Esto estaba enterrado en mi terreno, esto es mío, nadie más tiene derecho a reclamarlo.

Rosa no respondió nada, simplemente no pudo borrar esa sensación de preocupación que se abría paso en su pecho. Pero todo pensamiento fue borrado al mirar a su esposo tan contento y más aún cuando miró aquella olla repleta de monedas de plata y oro, en conjunto con collares y joyas preciosas que brillaban con intensidad, se veían tan hermosas.

Meses después, aquella riqueza que encontraron les otorgó una casa o más bien una mansión, los mejores caballos, bueyes, molino, tractores, televisiones, radios, todo lo que sus semejantes ni en mil años podrían tener.

Como aquella olla, encontraron más en su terreno. Se volvieron ricos de la noche a la mañana y eso hizo que la gente empezara a murmurar. Todos pensaban que Vicente había robado o que incluso había hecho algún pacto con el mismísimo diablo, pero todo aquello se lo llevó el viento cuando Vicente y su esposa, decidieron construir una iglesia para su pueblo. La gente estaba muy agradecida y pronto dejaron de apuntarlos con el dedo, nadie tenía el valor para meterse con esa familia, a pesar de que cometían grandes atrocidades con las personas más vulnerables del pueblo.

Vicente se ganó la confianza de la gente, pero se había vuelto loco por el poder. Ya no le bastaba tener dinero y comprar lo que muchos ni en sus sueños tendrían; su sed por el poder creció hasta tan grandes cantidades, que se postuló como candidato para la delegación de su pueblo; tenía la enorme necesidad de someter a todos los habitantes, pues él no se olvidó de los rumores que se habían esparcido en el lugar. No podría hacerlo de otra manera, así que halló esa solución para cobrar factura a todas esas personas que no se cansaron de hablar.

Las personas del pueblo lo veían como un buen candidato, un hombre honesto que les había regalado la iglesia en que podían ir a rezar por el bienestar de sus familias, así que, con los ojos cerrados, votaron por él para que fuera su delegado, ya que prometía velar por los bienes de todos en ese lugar, o eso es lo que les hizo creer.

—Por favor, señor, no me quite mis tierras, no tengo a donde ir —suplicó Florentino que estaba de rodillas mirando con desesperación a Vicente, quien le devolvía la mirada con burla; le divertía jugar con los demás.

—¿Tienes algo qué ofrecerme? —preguntó con cinismo, sabiendo que aquel pobre hombre no tenía nada de valor, únicamente aquellas tierras. No eran muchos metros y Vicente no los necesitaba, pero no podría describir la sensación que le recorría por el cuerpo cada vez que humillaba a los demás.

—Pues, tengo unas gallinas y un poco de maíz, yo se lo doy.

La desesperación en aquel pobre hombre era palpable, cualquiera pudo haber sentido empatía, pero desafortunadamente, Vicente desconocía aquel sentimiento. Se burló de él y sin piedad alguna, lo despojó de sus tierras. Lamentablemente no fue el único caso que se presentó en el pueblo, como ese, hubo muchísimos más, pero nadie se atrevía a levantar la voz, porque cuando intentaron hacerlo, Vicente salió a recibirlos con un rifle en mano, dispuesto a matar a todo aquel que quisiera pasar por encima de él.

Así fue como se convirtió en un hombre poderoso en toda la extensión de la palabra. Disfrutó de su dinero, de sus tierras y de su familia. Nada les hizo falta. Pero el dinero no compra la salud, y un día cayó enfermo. Nadie pudo curar la extraña enfermedad que le había atacado, ni si quiera el dinero que poseía logró salvarlo del final que se avecinaba para él.

De aquel hombre alto y robusto, lo único que estaba quedando era un ser delgado, demacrado y débil ante los ojos de los demás, por lo que, empeñado en mantener su imagen, se encerró en aquella mansión que tenía por casa. Su esposa fiel, lo cuidaba, lo acompañaba en su soledad, pues sus hijos tenían qué hacerse cargo de todas sus posesiones, aunque claro está que eso era un simple disfraz, a sus hijos no les importaba su padre, solo les importaba el dinero.

Rosa lloraba mirando cómo la muerte acechaba a su querido esposo cuando este no quería comer y no se podía levantar de la cama. Su esposo estaba cada día más delgado. Tenía un pie puesto en el panteón y otro en su casa.

Una noche, mientras Rosa se disponía a dormir junto a su esposo, notó que Vicente estaba un poco extraño porque no dejaba de verla, y aunque estaba acostumbrada a eso, se sentía incómoda con la extraña mirada de su esposo. Se veía tan ausente, como si no fuera él, así que se animó a preguntar:

—¿Qué pasa, Vicente? ¿Estás bien? —Rosa le miró esperando una respuesta.

—Quiero dormir. —Fue lo único que su esposo le respondió, antes de que se acomodara en la cama y cerrara los ojos.

Sin darle más vueltas al asunto, Rosa apagó la luz y se fue directo a su cama, dispuesta a descansar. El día había sido largo para ella y lo único que quería en ese preciso instante era dormir, por lo que ignoró lo que sea que estuviera diciendo su esposo, no podía más con el cansancio y el sueño la venció. Aunque aquello fue un error que no debió de haber cometido.

En mitad de la noche escuchó que Vicente se reía, entonces abrió sus ojos para averiguar qué pasaba, sin embargo, lo que vio, la dejó helada.

—¿Qué estás haciendo? —cuestionó Rosa, sintiendo su boca demasiado seca y sin despegar la mirada de aquel objeto que reconocía muy bien, pues en varias ocasiones lo utilizó para cortar la hierba que crecía en su maíz.

—Si yo muero, tú te irás conmigo —dijo Vicente en medio de esa silenciosa noche.

La mujer gritó con fuerza cuando su esposo intentó hacerle daño con la segadera que tenía en sus manos, afortunadamente alcanzó a esquivar el golpe que acabaría con su vida. Con rapidez se colocó de pie y salió corriendo de la habitación, pero no pudo avanzar más ya que se tropezó con una olla de barro.

—¡¿A dónde crees que vas?! —gritó Vicente tomando de los cabellos a su esposa—. ¡Morirás conmigo!

Puso el arma en el cuello de su esposa con la intención de matarla, estaba dispuesto a hacerlo, él definitivamente no moriría solo, no podría irse solo, le aterraba pensar que en el más allá no habría nadie que le hiciera compañía, definitivamente le aterraba la muerte.

—¡Por favor! —rogó Rosa intentando alejar la segadera de su cuello y tomando con fuerza la mano de su esposo—. ¡Te lo suplico!, no me mates.

No entendía cómo es que su esposo tenía fuerza para hacerle algo como eso, si hacía meses que no podía sostener su propio peso, pero le aterraba pensar que moriría de esa forma y por la persona que más amaba en el mundo.

—Vicente.

Ambos esposos miraron en dirección de donde había provenido esa voz. En la entrada de la casa estaba una persona vestida en un traje de charro de color negro. La noche era oscura, así que no se podía distinguir con claridad al hombre que había nombrado al dueño de la casa, lo único que brillaba con intensidad eran las espuelas doradas de sus botas y los botones de su traje. Por su parte, Rosa encontró la oportunidad de que alguien la salvara.

—Por favor, ayúdeme —suplicó Rosa aun forcejando con Vicente.

—¿Quién eres tú? —preguntó Vicente con dureza en la voz—. ¿Qué estás haciendo en mi casa?

—Suelta a la mujer, tú y yo tenemos mucho de qué hablar —comentó aquel hombre con demasiada tranquilidad.

—Tú no me dices qué hacer en mi casa, mejor vete largando antes de que te mate a ti también —sentenció Vicente.

Sin embargo, sintió que la fuerza que había tenido en las piernas y manos se estaba esfumando, por lo que se vio obligado a soltar a su esposa, quien asustada corrió a esconderse detrás de un mueble que se encontraba en el pasillo de su hogar. Cayó de rodillas al piso y el hombre de negro, comenzó a reírse de manera burlesca, sin embargo, aquella risa le erizó la piel, pues fue tan sádica, tan afilada, sonó como una alarma que retumbó en su cabeza.

—He venido para hacer cuentas contigo, mi querido amigo —comentó el charro.

—Yo no te debo nada a ti —apuntó con dificultad.

Sentía que le faltaba el aire y un terrible dolor en el pecho le impedía articular palabra alguna.

—Te equivocas —respondió el charro—. Hace 25 años encontraste algo que me pertenecía y que no debiste tomar, pero veo que utilizaste mi tesoro para construir este hogar.

Vicente levantó la mirada del piso y con gran dificultad trató de mirar al charro que estaba acusándolo de esa manera, sin embargo, falló en el intento.

—Ese tesoro, estaba en mi tierra, así que es mío.

El hombre intruso se echó a reír, como si de un chiste se tratara, algo que no comprendió Vicente. Sintió que el coraje por no poder defenderse le quemaba la piel, no permitiría que nadie se burlara de él y menos en su propia casa, así que intentó levantarse, pero le fue imposible, no tenía fuerza para hacerlo.

—Todo lo que te rodea tiene un dueño y tú no debiste tocar lo que es mío, pero está bien amigo, al menos espero que hayas disfrutado de aquel dinero que te dio felicidad y poder, porque te ha llegado la hora de pagarme aquella cuenta, ¿o que pensaste? ¿qué nada pasaría si tomabas lo que no te pertenece?

—¡Vete al infierno! —gritó Vicente, quien ahora pudo visualizar el rostro de aquella persona.

Al principio sintió escalofríos, pero él no le tenía miedo a nada, ni si quiera al mismísimo diablo que le miraba con aquellos ojos luminosos, ni si quiera cuando a través de ellos pudo mirar el fuego quemando a todas esas almas que estuvieron condenadas a ir con él. Su sonrisa era macabra, una que Vicente no había visto en toda su vida, pues sus dientes eran puntiagudos y pequeños rastros de sangre los adornaban.

—Te irás conmigo, ese es el precio que debes pagar, tu alma estuvo condenada a mí desde que encontraste aquellas ollas.

Dichas estas palabras, la mano de Vicente cobró vida propia, tomó la segadera con la que minutos atrás intentó matar a su esposa y la llevó a su cuello. Intentó alejarla, pero no pudo ir en contra de la ley de aquel ser que le miraba con una profunda oscuridad y que por supuesto, tenía el poder y control de él.

—¡Maldito! —Fue lo último que alcanzó a gritar Vicente, antes de que la segadera rebanara a su cuello.

La sangre bajó como cascadas por su cuello, manchando el piso de su hogar y la ropa que traía puesta, todo, bajo la atenta mirada diabólica del mismísimo charro negro y de su querida esposa Rosa.

—Más tarde vendré por ti, mujer —dijo el charro mirando a la mujer de aquel hombre ambicioso que sin vida yacía en el piso.

El charro salió de la casa para subirse en su majestuoso caballo negro, al cual le brillaban los ojos como dos focos rojos tan intensos que podían cegar a cualquiera que los mirara. En medio de esa oscura noche, un grito de horror atravesó las paredes de aquel hogar, cuando la realidad golpeó a Rosa, pues la muerte de su esposo se repetía una y otra vez en su mente.

Su condena fue aquella, la de ser incapaz de poder olvidar la forma en que su esposo había muerto, aun cuando la memoria comenzó a fallarle. Fue condenada a sentirse culpable por no haber hecho caso a su instinto que le decía que tomar aquel dinero no era lo correcto, pero tal y como había dicho el charro negro, le había brindado una felicidad condenada a la tragedia. Rosa buscaba con desesperación el poder morir, pues lo años la atacaron, junto a las almas de aquellas personas a las que su esposo les quitó las tierras que poseían, ya que cada noche podía verlos a través de la ventana de su cuarto.

No quería seguir viviendo de esa manera, pues cada día iba perdiendo la vista, el oído y la memoria, llevándola al borde de la locura, porque a pesar de que había perdido los sentidos, ella podía escuchar la risa del charro negro, podía recordar con claridad la muerte de su esposo, como si fuera el único hecho que hubiera presenciado en toda su vida; sin embargo, su muerte llegó mucho tiempo después, y de la misma forma. Una segadera atravesó su garganta.

Se dice que por aquella mansión se escuchan los sollozos de una mujer que no se puede ir a descansar en paz, pues el recuerdo le persiguió incluso en el más allá; junto a los lamentos de un hombre que se arrepiente de haber sido tan cruel con las personas de su pueblo.

En este mundo todo tiene un dueño, así que debes de respetar lo que se encuentra en tu entorno, porque tarde o temprano la factura llegará hasta las puertas de tu casa y podría ser demasiado alta, como para alcanzar a pagarla con tu propia muerte. Así que, dime, ¿estás seguro de que eres dueño de lo que te rodea?

TIM

Por: Alejandra Monserrat Bonilla López

Caminar por este lugar me trae tantos recuerdos. El olor a pasto húmedo y el viento frío que entra hasta tus huesos me regresa a aquel momento, en este mismo lugar.

—Mi pecho se siente como si aún pudiera hacerlo de verdad; nostalgia, creo que así le llama el hombre. —Le dije viéndolo a los ojos—. ¿No es así?

—¡Sí, así es!— respondió él con entusiasmo y cierta ternura en la voz.

Tal vez creía que eso le ayudaría un poco a evitar su destino.

Sentí mis pies arder y aquella sensación subió por todo mi cuerpo. Hubieron cosas que nunca cambiaron. Lo abracé tan fuerte como pude, tanto que logré quebrar sus huesos.

Su grito de auxilio se vio apagado por mis labios que, fríos, se posaban aún sobre su tibia piel, y su último aliento fue robado por mi existencia.

—Lo siento tanto. Lo lamento, tenía mucha hambre. —Le susurré mientras intentaba contener el llanto, lo que me fue imposible al ver la lluvia caer.

Levanté el rostro dejando que la lluvia lo lavara, anhelando limpiara mi alma también, una que ya no existía pero que quería tener.

Hace mucho no sentía aquello, hace mucho no sentía nada en realidad. La verdad era que había pasado tanto tiempo que había olvidado casi todo. Llevaba allí por lo menos 400 años. Ya ni siquiera puedo recordar cómo era mi vida antes, solo sé que un día todo acabó e inició al mismo tiempo.

Aquel día vi un amanecer hermoso, como ningún otro. Había un olor a pasto húmedo, como el de hoy; el cielo era rosado y las pequeñas nubes que se esparcían por todo lo ancho de éste, algodón de azúcar parecían ser.

El fuego de aquellos troncos ya se iba apagando, apenas lograba calentar un poco de nuestros cuerpos. Las hojas de un gran árbol casi nos cubrían por completo y el frío viento hacía aquel momento aún más especial.

El baile de la noche anterior había sido increíble, después de la devastadora situación que azotó a nuestras tierras. Luego de tantas muertes el rey decidió hacer un baile en memoria de todas las personas afectadas, aunque nadie pensó que al hacerlo lavaba sus culpas por haber vendido a su pueblo.

La música fue exquisita, la comida aún más. *¿Cómo es que nadie notó que había algo extraño, si el rey nunca se apareció por ahí?*

Recuerdo que el ambiente fue tan increíble, tan alegre, que tomamos a nuestras parejas y bailamos sin parar.

Todo lo extraño inició cuando muchos de los invitados demudaron sus rostros, en un momento se veían felices; es decir, seres humanos felices, al siguiente era una locura, entre cada giro cambiaban su ser, sus rostros se desfiguraban, garras les brotaban, y los demás… bueno, todos los demás no podíamos escapar, ni siquiera podíamos dejar de bailar, no recuerdo cómo pasó, pero lograron traernos hasta aquí.

Recuerdo que, al despertar con el cuerpo casi congelado, me levanté a ver a mis amigos que estaban alrededor, pero ya estaban muertos, todo ser que yacía ahí estaba muerto excepto yo. De pronto, entre los árboles del fondo escuché un ruido y vi salir enseguida a un hombre alto y delgado, de cabellera negra caoba y ojos rojos como el fuego; de su mano llevaba a un niño pequeño de piel blanca, tan blanca como la neblina que cubría todo nuestro entorno, con los mismos ojos de aquel hombre, pero tan brillantes que parecían saltar. Miré su pequeña sonrisa y sus labios pintados por alguna vida.

Debo confesar que sentí pánico al verlo soltar la mano de su protector y correr a mí con tanta euforia como si me conociera. Retrocedí unos pasos queriendo huir, pero al pisar el brazo de uno de mis amigos caí de espalda, y en un abrir y cerrar de ojos aquel hombre ya estaba sobre mí.

—¡Es ella! ¡La quiero a ella! —dijo el pequeño niño boicoteando mientras me señalaba con la punta del dedo.

—Entonces… —dijo el hombre mirándolo mientras hundía sus afilados dientes en mi piel— que así sea.

Sentí que mi cuerpo perdió la fuerza y vi aquel cielo rosa tornarse carmesí, aquel pequeño ser se acercó a mi rostro poniéndose en cuclillas y jugueteando tocó mi nariz, entonces dormí.

Cuando al fin logré despertar fue como si hubiera dormido durante días, los ojos me pesaban y se cerraban solos. Algo en el ambiente no estaba bien, había un intenso olor a sangre; lo que más me asustó fue que no sabía si me generaba asco o hambre.

Imágenes horrendas llegaron a mi cabeza de un momento a otro, había sangre y dolor, había muerte y desaliento, había perdición, huesos y fuego y había, había... una mujer.

Todo aquello propició la abertura inmediata de mis ojos. No estaba en medio del bosque donde habían muerto mis amigos, pero tampoco estaba en casa.

Me encontraba en medio de una habitación enorme, recostada sobre sábanas de seda, la luz del sol apenas entraba por entre las cortinas de terciopelo. Intenté levantarme, y entonces me di cuenta de que mi vestido había sido retirado de mí, pero sin importar eso me esforcé por correr a la ventana, aunque mis piernas eran demasiado débiles para sostenerme, así que caí desprendiendo los grandes telones, jalándolos en un intento inútil por salir.

El sol entró de lleno por la ventana quemándome los ojos y la piel, entre los gritos desesperados que mi ser podía dar, logré emitir un llamado de auxilio. Ni siquiera vi a aquel hombre entrar a la habitación, fue tan rápido en sacarme de ahí que ni el polvo levantó. Moribunda entre sus brazos me llevó a otra habitación no muy distinta a la anterior; las paredes de piedra reinaban en el lugar. Las grandes y pesadas puertas de madera parecían esconder secretos en su interior. Había un poco de luz proporcionada por un montón de frágiles velas a punto de acabar y una cama nueva en la que me recostó.

Sentía la piel desprenderse de mis huesos y un inmenso ardor en mis ojos.

—Ni siquiera intentes volver a escapar —advirtió con indiferencia a mi dolor mientras caminaba a la puerta—. Si lo haces, morirás —sentenció cerrándola y apenas mirándome de reojo.

Mis párpados aún adoloridos y quemados se cerraron una vez más, creí que iba a morir, *ojalá y hubiera sido así*, no recuerdo cuánto tiempo más dormí, solo recuerdo lo que me despertó: un intenso aroma a humedad y sangre que me lastimaban la nariz, podía sentir sus fríos dedos sobre mi rostro; quizá quería apartar mi cabello de él, quizá quería quitar los restos de piel quemada.

—Despierta —lo oí susurrar.

No abrí los ojos, no quería hacerlo, tenía miedo.

—¡He dicho despierta! —increpó presionando mi garganta y haciéndome abrir los ojos de golpe—. Así está mejor.

Rio sarcásticamente y continuó:

—Tus labores en esta casa son sencillas. Aquí se duerme mientras el brillante Sol arde en el mundo y se vive cuando las sombras iluminadas por la luna salen a caminar. Y lo más importante: deberás cuidar de aquel que te eligió y servirle como a un rey.

Ni siquiera sabía qué decir, solo entendía que era una esclava de aquel ser.

—Primero debes alimentarte —dispuso sirviendo una sustancia líquida en una copa de cristal—. Toma.

La acercó a mí, el contenido era un líquido frío y oscuro que la cubría por completo.

—¡¿Esto es…?!

—Bébelo —insistió.

—¡Pero!

—¡Bébelo! ¡¿O qué, acaso la prefieres fresca?! —gritó golpeando la pared.

Aleteos incesantes se escuchaban por todos lados, alaridos espeluznantes acompañaban su volar y gritos de desesperación inundaban cada rincón de aquel lugar, eran tan profundas que podían invadirte el alma también.

—Has que pare —supliqué.

—Elige entonces.

—¡Has que pare, por favor! —insistí tomando la copa que me había acercado y con lágrimas en los ojos la bebí.

La sangre fría recorrió toda mi garganta. Quisiera decir que sentí asco, pero la verdad es que era lo más delicioso que había probado en mi vida. Sentí que mi cuerpo ardía, necesitaba más. Solté la copa y la dejé caer haciéndose pedazos. Un hilo del espeso líquido bajó por toda mi barbilla, un hilo que se desvaneció cuando su lengua rozó mi piel.

—Vestirás con lo que he dejado en el sillón —dijo señalando el diván que estaba cerca de la ventana—. Luego bajarás, te presentaré a mi hijo.

Continúo hablando mientras iba a la puerta y salía de la habitación.

Tal y como lo pidió me levanté y me vestí. La cabeza me daba vueltas, tenía demasiado qué procesar; el día anterior, si es que solo dormí un día, era una mujer normal. Es cierto, mi vida no era la más correcta, mi trabajo en el burdel no era algo que me hiciera sentir orgullosa, pero al menos me proporcionaba lo suficientemente para sobrevivir.

Aquella vez, la primera vez en que sufrimos el ataque pude salvarme gracias a que el hombre con el que me había acostado esa noche era amigo del rey y nadie que estuviera con ellos podía ser herido. «Este hombre debe ser el mismo de aquella noche», pensé.

«¿Su hijo?», me detuve a meditar un momento.

—¿Y cómo tendría él un hijo? —inquirí en voz alta—. ¿Cómo es que me eligieron a mí?

Había tantas cosas en mi cabeza. «Al menos ahora tengo un trabajo digno y ropa decente» me dije a mi misma tocando el vestido de servidumbre que me dio.

Sin mucho conocimiento del lugar, solo con la intuición, me moví de habitación en habitación, recorrí enormes pasillos hasta encontrar las escaleras, las bajé y en la gran sala estaba él. Debo confesar que mi estómago se hacía nudos al verlo, no sé si de miedo o de emoción, aun cuando estaba atrapada ahí con él, era distinto a todos los hombres con los que alguna vez dormí. Era serio, pero todo un caballero, supongo que llevaba demasiado tiempo solo y eso generaba que se comportara así. Durante mi búsqueda de la sala no vi ni una sola persona más.

Casi salgo corriendo cuando vi que se levantaba de su sillón y detrás de él aparecía aquel pequeño que me condenó a esta vida. Tenía el cabello negro y sus ojos rojos se veían tan brillantes como un rubí, su pálida piel blanca resaltaba aún más aquellos detalles en él, usaba pantaloncillos cortos que lo hacían ver tan tierno, que era casi imposible que hiciera algún mal, hasta ese momento era lo que pensaba. Llevaba consigo un montón de huesos que aferraba a su pecho como si de su propia vida se tratara.

Me miró fijamente y como si confiara por completo en mí se acercó extendiendo su pequeña mano y se colgó de la mía.

—¿Es mía? —preguntó a su padre.

—Por siempre —respondió él mirándome fijamente a los ojos.

Aquella primera noche que cuidé de él fue única. Al salir al jardín principal había más que solo luz de luna, esta brillaba tan hermosa que parecía hacerlo solo para mí, las estrellas cubrían todo el cielo como si fueran polvo mágico.

El viento era tan tranquilo al pasar que se sentía como un cálido abrazo, había luciérnagas por doquier y las aves aun cantaban; en un inicio me limité solo a verlo correr tras los insectos que iluminaban su camino, mientras recordaba las palabras de su padre.

«Cuidarás de él durante sus días, por las noches cuando duerme no despierta por nada del mundo, así que después de acostarlo deberás ir donde su madre y le darás los cuidados que necesite.» Me entregó una llave de oro con pequeños zafiros incrustados.

—Le caerás muy bien a mi mamá, porque a mí me caes bien —dijo el pequeño mirándome con una sonrisa tan tierna que me derritió el corazón.

Brincaba de un lado a otro persiguiendo luciérnagas, de vez en cuando se le caían algunos huesos de las manos y sin siquiera repelar volvía y los recogía, le había pedido que me los diera para que pudiera jugar libremente, pero se negó rotundamente a hacerlo «¿A quién pertenecían esos huesos y por qué eran tan importante?»

Aquellos pensamientos se vieron interrumpidos gracias a un maravilloso olor que arrastraba el viento, era tan dulce que entró por mi nariz y se metió en mi cabeza, lo seguí sin pensar.

No muy lejos de ahí encontré cazadores acampando, no sé qué me sucedió Aún puedo recordar los rostros asustados de aquellos hombres, debo confesar que su aroma era exquisito y a comparación de la última vez, este líquido estaba caliente y el palpitar de su corazón hacía todo esto demasiado excitante.

De aquel grupo de cuatro hombres ninguno quedó, miré mis manos y mi vestido; estaban todos manchados. De pronto sentí que tiraban de mi cabello, ¡era mi amo! Me arrojó al fuego con el que los mortales se calentaban al dormir. Sentí que me quemaba viva, pero así como me metió ahí, me sacó. Estaba alterada y aún excitada, aunque todo eso solo provocó un desenfreno en mí.

—¡Si sigues haciendo estupideces, morirás! —Me espetó jalándome el cabello.

Solo pude ver sus labios y lanzarme sobre ellos; primero me empujó, pero un segundo después me correspondió ¿Cómo era que dos seres que no podían sentir lo seguían haciendo? En realidad, no lo sé, pero nuestras respiraciones agitadas se volvieron una sola. Con sus fríos y delgados dedos retiró mi ropa, con mis manos despojé la suya, quitó la sangre de mi rostro con su lengua, como lo había hecho antes. Para qué entrar en detalles si basta con resumir que se metió en mi cuerpo como un demonio y se apoderó de él como le dijo a su hijo: *«por siempre»*.

No diré que volvimos como una linda pareja tomados de la mano a su hogar, sería mentirles. Él se levantó del suelo y se vistió. Me tomé un momento para mirarlo, su cuerpo era grande pero delgado, estaba bien formado, su piel blanca brillaba con la luna y su largo cabello negro hacía el contraste perfecto en él; se vistió y solo me miró. A decir verdad, yo estaba cansada, tenía náuseas.

—Apresúrate. —Me ordenó—. Debes llevar a mi hijo con su madre y después a dormir.

Entonces sentí cómo un golpe que me regresó directo a la realidad, ahora ya ni siquiera estaba segura de haber hecho lo correcto, él tenía una esposa y yo cuidaba a su hijo. Traté de no mortificarme mucho con ello así que solo lo obedecí. Puse sobre mí la ropa ensangrentada, y por último antes de retirarme por completo eché un vistazo al panorama: había cuerpos tirados, desangrados y sin vida, por mí.

«¿Pero en qué me convertí?» sopesé llorando.

—En tu peor pesadilla. —Me susurró una voz al oído.

Giré para verlo, pero no había nadie ¿Cómo podía hacer eso? Volví por el mismo camino por el que llegué. No había prestado atención al lugar de donde había salido, no era un castillo muy viejo, pero sí algo deteriorado y arriba, muy arriba, cerca de las nubes, murciélagos revoloteaban en las torres.

Me dirigí a la puerta principal, no había notado que estaba bloqueada por una enredadera enorme de espinas y rosas secas; al intentar abrirla para entrar algunas de las espinas cortaron mi mano, la sangre que había caído sobre éstas, fue absorbida por las mismas y se fueron abriendo de poco en poco, cada una de ellas, dejándome entrar.

—No estabas —dijo el pequeño cuando me vio entrar.

—Yo fui a…

—¡Te fuiste! —Me interrumpió.

Vi que algo chorreaba el piso, miré sus manos para averiguar qué era; una cargaba el mismo montón de huesos de antes, pero en la otra tenía un ave muerta; con el filo de sus pequeñas uñas su perforó el pecho derramando aquel líquido que tanto me encantaba.

—Llévame con mi madre —Me pidió abrazándome las piernas.

Lo tomé de la mano y dejé que él me guiara, pero la verdad es que mientras más bajaba, susurros más fuertes se escuchaban.

«Al fin te encontré amor mío» escuché decir a una voz gruesa y fría.

Oía gritos pidiendo piedad y de desesperación, mientras más caminaba mis ojos más se nublaban, vi a mi amo caminar a través de una hoguera, su bello rostro se quemó dejando ver su verdadera naturaleza, un animal hambriento.

—Vamos, ella es linda —dijo el niño.

—Sí —accedí con una sonrisa.

Llegamos hasta una puerta enorme de oro con zafiros, como los de aquella llave. Abrí despacio, un poco temerosa de lo que encontraría; al entrar un aroma a rosas frescas inundaba el lugar, era todo lo contrario al resto del castillo que olía a humedad y muerte.

Al fondo de la habitación había una enorme cama de piedra color rubio, a su alrededor había infinidad de velas que iluminaban cada rincón de aquel lugar.

Tim (ese era el nombre del pequeño) soltó mi mano y corrió entre ellas tan rápido que ni siquiera se apagaron, subió a la cama y se recostó sobre el cuerpo que estaba ahí.

Con mucho cuidado me acerqué caminando entre las velas intentando no apagar ninguna. Mi sorpresa fue enorme al verla tendida ahí entre un montón de rosas, con su hijo abrazado a su pecho.

—¡Amely! —exclamé sin pensar.

—¿Ese es su nombre? —cuestionó Tim.

—¡Sí, sí, ese es su nombre!

—Papá no me lo dijo nunca —respondió con tristeza—. Pero está bien, ahora lo sé.

La miraba tan bellamente que mi corazón se hizo pequeño al ver sus ojos brillando como estrellas cuando veía su rostro.

Conocía a Amely, nunca fuimos amigas, solo vivíamos cerca. Después de todo lo que pasó en el pueblo, una mañana se fue con un muchacho y desapareció. No creía que estuviera aquí encerrada, muerta.

—Debemos darle de comer —dijo el niño.

—¿Cómo haremos eso?

Sin previo aviso brincó hacia mí, estiró mi mano y mordió tan fuerte que me hizo sangrar, sus ojos se incendiaron como llamas de inmediato, sonrió y puso mi mano sobre los labios de su madre.

Ella abrió los ojos apenas me tocó, eran de un rojo nunca vistos, tenía odio en la mirada, las velas comenzaron a acrecentar sus llamas y de ellas salían susurros. Me quede paralizada, solo podía ver las rosas blancas que adornaban toda su cama, estas se pintaban rojas a cada trago que bebía de mí.

—Servirás a mi madre también —dictaminó Tim.

Se acercó a mi cuello, quitó el largo cabello que lo cubría y bebió de él.

El cuarto ardía como el infierno, por un instante creí estar muerta y debió haber sido ahí, pero no, no podía morir, solo podía sentir el dolor de hacerlo, sentí cómo me iban dejando vacía. La vi cerrar los ojos cuando las rosas se pintaron por completo. ¿Estaba satisfecha? No lo sé, caí en seco una vez que me soltó, sin quererlo de nuevo quedé inconsciente.

Al despertar estaba en aquella habitación donde había despertado la primera vez, no entendí que sucedía, todo esto parecía tan irreal, un sueño. Toqué mi pecho, mi corazón no latía, pero aún sentía. Mi piel se veía igual de blanca que la de ellos, así que supuse que era igual de fría. Estaba muerta pero aun respiraba, aun sentía calor y frío, dolor y miedo.

Mis colmillos no eran como los suyos, a duras penas logré abrir la piel de aquellos hombres que devoré, tuve qué rasgarla. Ellos, aquella familia podía seguir bebiendo de mí. Amely era mi conocida, estaba muerta, y era mujer de aquel con el que me acosté y su hijo estaba a mi cuidado ¿Cómo podía estar pasando esto?

Aquellos pensamientos fueron interrumpidos por mi amo quien se metió como humo entre mis sabanas, recorriendo todo mi cuerpo, sirviéndose de él. Su lengua fue mi peor tortura y mi más grande deseo, mi mente, corazón y la poca decencia que me quedaba se dividían a la mitad, entre lo que quería y lo correcto.

—Señor —musité entre gemidos.

Pero parecía no escuchar

—¡Señor! —chillé intentando alzar la voz.

No tuve respuesta alguna, así fue vez tras vez durante cientos de noches. Vivía atrapada en un bucle de tiempo, durante el día ardía como el sol al lado de mi creador, durante las noches cuidaba de Tim y con frecuencia visitaba a su madre, la peinaba y limpiaba su rostro de los rastros de sangre que quedaban cuando bebía de mí.

Cuidaba del niño, aunque a veces sus juegos iban demasiado lejos; en algunas ocasiones actuaba como un niño de cuatro años, en otras como un adulto mayor, consciente de todo lo que hacía y decía, actuaba como su padre. Algunas veces, mientras alimentaba a su madre, él se pegaba a mi cuello, me paralizaba y dejaba a su merced, era aterrador, tocaba mis pechos por debajo de mi ropa mientras comía y yo no podía hacer nada.

Recuerdo la primera vez que jugamos, yo cubriría mis ojos y contaría hasta 10, después lo buscaría y al encontrarlo el contaría, recuerdo que me tapé los ojos y cada vez que decía un numero en voz alta una risa suya se escuchaba a lo lejos.

Cuando abrí los ojos había caminos en distintas direcciones frente a mí, todos hechos de animales muertos y restos de su sangre.

Algunas veces se movía como gato mientras yo trataba de limpiar la casa, sentía que estaba cerca porque podía escuchar su respiración. Una de esas veces, mientras jugábamos, lo miré justo cuando dejaba frente a mí un gorrión muerto, tenía el pecho perforado exactamente en el centro y él tenía sangre en toda la boca; sus pálidos labios se pintaban de un rojo intenso, me acerqué a él y, al igual que hacía su padre conmigo, lo limpié.

—Serás mía siempre. —Me dijo acariciándome.

Sus palabras eran simples, pero la idea de pertenecerle siempre no era de mi agrado. En otra ocasión, durante nuestros juegos, me llevó a un cuarto que se encontraba muy alejado del castillo, se veía como un establo, pero al querer entrar un montón de criaturas extrañas comenzaron a volar sin control por todo el cuarto, hacían ruidos espantosos y sus ojos brillaban dentro de la oscuridad.

—Ellos son mis hermanos —comunicó.

Eran muy distintos a él, su piel era mucho más blanca, tenían garras y alas, se portaban como animales pues parecía que no tenían conciencia, eso me dio a entender que, pese a todo, Oliver sí amaba a Amely; de no ser así, no estaría ahí y su hijo sería igual a esas criaturas. A pesar de todo amaba al pequeño, en el fondo era un niño tierno y juguetón, solo necesitaba un poco de amor de su madre y atención de su padre, ya que el amo se iba casi todo el tiempo y Tim casi nunca lo veía; sin embargo, a mí me visitaba cada día.

Otra de aquellas tantas noches, mientras jugábamos se perdió entre la neblina que había llegado desde el bosque, hacía frío y parecía que iba a llover. Decidí buscarlo, así que me fui caminando hasta el bosque, aunque en realidad fue una mala idea haber ido; cuando llegué allí, una bruma negra se extendió por todo el lugar. Al fondo del bosque se escuchaba una tenue melodía, entraba por mis oídos y hacía eco en mi mente, también podía escuchar sus risas, pero no podía verlo.

—¡Tim! —grité varias veces, pero no hubo respuesta.

Aquel canto se hizo más fuerte, era tan hipnotizante que fui caminando tras él; sin darme cuenta me llevaron hasta un muelle ¡Era el mismo muelle de mi aldea! Una bomba de recuerdos vino a mi mente, con frecuencia Amely metía esos recuerdos suyos en mi mente.

Una risita salió de la balsa que yacía amarrada al puente por donde se abordaban los barcos, corrí hasta ella para ver, pero no había nada dentro.

No sé cómo, pero subí a ella, el agua comenzó a moverse en círculos, giraba y giraba mientras el canto arrullaba mi ser. Miré por debajo de la balsa, había hermosas criaturas, mujeres que cantaban. Me sumergí sin pensar en el agua siguiendo sus voces, podía sentir sus manos llenas de escamas tocando mi piel y por arriba del agua, veía volar a los hermanos de Tim.

De pronto sentí dolor en el brazo; una de aquellas criaturas se pegó a él arrancándome la piel, entonces comencé a sangrar. El agua oscura, por un momento se aclaró y me vi rodeada de seres mitad pez, mitad mujer, de afiladas garras e inmensos dientes, sus ojos eran completamente negros, no había ni una pizca de luz en ser.

Uno de los tantos seres que revoloteaba sobre nosotros me sacó del agua, pude ver que Tim me miraba desde lo alto de un árbol, con tanta furia que sentí su inmenso odio. Oliver, por su parte, se acercó a ellas caminando sobre el agua, tan serio, tan imponente que aquellos seres trataban de esconderse con temor.

Él también comenzó a cantar y su voz hizo que todas ellas salieran del agua, al mismo tiempo, se arrastraron hasta la orilla donde a cada tirón que daban con sus manos, sus colas se partían en dos, sus escamas se perdían, sus branquias se iban y en su lugar un indefenso ser quedaba, uno mortal.

Y sin el más mínimo gesto de compasión lanzó a sus hijos sobre ellas, pude ver cómo las levantaban del suelo y consumían sus cuerpos hasta la muerte, jugaban con ellos hasta desprender sus extremidades que hacían caer del cielo como si se tratara de lluvia.

Ambos fuimos castigados al volver a casa, un millón de azotes que quebraron nuestra piel fue suficiente, pero en realidad no sé qué me dolía más, si mi cuerpo herido o mi corazón roto por el odio que él sentía hacia mí.

Intentar cuidarlo después de eso fue casi imposible, al tratar de cuidarme también a mí. Sus juegos siempre me llevaban hasta el dolor, incluso al borde de la muerte. En alguno de sus berrinches, le quité el montón de huesos que llevaba consigo, fue lo peor que pude haber hecho; lo vi transformarse en un ser horrible, su rostro se desfiguró por completo y la locura lo invadió, su voz se volvió la más gruesa que pude haber escuchado en mi vida, era como la de un demonio, se lanzó sobre mí y me golpeó hasta que se cansó.

Mordió mi cuello y, al igual que con su madre, transfirió sus recuerdos: vi a Oliver flotar por los aires mientras sus hijos consumían un pueblo entero, pero allí, entre la muerte y la destrucción, había un pequeño conejo el cual corría por su vida; aquella acción encantó a Oliver, así que lo tomó entre sus brazos y lo entregó al pequeño Tim, quien siempre jugaba solo, lo cuidó hasta que un día su instinto pudo más que su amor y terminó por devorarlo.

Tanto le dolió aquella pérdida que abrazó su cuerpo hasta la descomposición y sus huesos después de ello. Luego de haber visto su recuerdo, me soltó.

—No me hagas matarte antes de lo previsto —rabió con el mismo tono de voz de un niño de cuatro años a punto de llorar.

No sé cuánto tiempo estuve ahí, siempre tratando de sobrevivir, seguía yendo con frecuencia a ver a Amely, Tim me vigilaba desde afuera intentando evitar todo mal que pudiera hacerle a su madre, un mal que nunca llegó.

Supongo que consiguió odiarme hasta ese punto porque se enteró sobre su padre y yo, aunque no había nada entre nosotros; yo lo amaba, pero el a mí no, así que me conformaba con las migajas de "amor" que me daba y con aquellas noches de pasión que aún me erizan la piel al recordarlas.

Una noche Amely solo despertó, vi como negó a su hijo y cómo él la llevó con su padre, vi cómo lo abandonó dejándolo en un dolor tan inmenso que quería acabar matando a todo ser vivo que se le cruzara, al final solo era un niño de cinco años buscando a su mamá. Durante ese tiempo, Oliver me enseñó a comer como él y vivir como él, tal vez solo buscando remplazar a Amely.

Pero todo esto terminó varios años después. El rey daría un baile nuevo en donde ya todos sabíamos qué iba a pasar, pero aquella noche ella intervino, la vi subir por el aire colgada de sus brazos, la vi clavar sus dientes sobre su garganta y dejarlo caer como si de un animal se tratara, uno a uno sus hijos fueron muriendo, incluyendo al pequeño Tim, quien se acurrucó sobre mis piernas.

—Gracias, mami. —Me dijo con su último aliento.

Al igual que Amely, sobreviví a eso. Fue porque ninguna de las dos era hija de él. Somos monstruos creados para su beneficio, ambas buscando la muerte, ya sea la suya o la nuestra.

¿POR QUÉ TODOS RÍEN?

Por: Dentnoh

PRIMER ALQUILER

He vivido casi a la deriva de todo desde que me fui de aquel otoñal hogar; siento cómo el protervo pensamiento de fracaso abraza mi destino. Pero, aun así, debo seguir adelante. La madrugada cobija, mi llegada sin prisa.

Un pueblo retraído en el tiempo es mi próxima parada. No recuerdo con exactitud el rostro ni la voz de quien mencionó su existencia, pero entre desvaríos y tragos, las palabras «trabajo» y «oportunidades» cayeron a mis oídos como gotas de humedad en una vieja ventana. Las casas de este lugar rugen a podredumbre y vejez, rugen a tal punto que los pocos rostros habitantes que vieron mi llegada lucen enfermos de todo esto. Papeles rotos y amarillentos recubren las paredes con palabras reconocibles: «Morosos», «gastos», «remota»…

Cual Caronte, la anciana residente me traslada a mi nuevo aposento a esperar el misterioso descanso. La quinta es triangular, diseño que busca el encuentro diario de todos nosotros —como si ver las caras de los demás fuera a dar alegría en el diario—. Por el olor y los escasos focos amarillentos funcionales, se revela que tuvieron días felices, llenos de risa y niños por el lugar.

Mirando la puerta del cuarto, percibo que la penumbra tapa el poco color existente en la puerta que fue blanquecina alguna vez. Manchas y humedad me reciben. He llegado a donde debo estar… ¿en paz?

Campanas suenan a lo lejos; «¿acaso este pueblo tiene iglesia?», pienso en voz alta; monumentales y espléndidas como en otros lugares.

—Pues no, mi joven amigo —replica una voz que sale de la oscuridad.

Una figura vieja y apacible nace entre el recuadro de una puerta aledaña. Cordialmente, vuelan los saludos entre mi vieja guía y el anciano. «*Don* Ignacio», «*doña* Mirtha»; nombres que estaré obligado a recordar por el resto de la estancia. Y el anciano prosigue:

—Lo que acabas de escuchar, mi amigo; es la hora de leer... y te daré un consejo, si tienes algún pensamiento creyente o parecido, te recomiendo que, a primeras luces, te marches.

Mi rostro no podía expresar mi desconcierto, en mi memoria se agolpan las actitudes de los pobladores que me acompañaron durante el viaje en el bus, y cobran sentido: desconfianza, miedo, incluso creo haber podido sentir la aguda mirada punzante del odio. Sin embargo, algo que desconozco en estos momentos atrapa mi atención, capturándola como abejas en potes de vidrio, «¿qué demonios es la hora de leer?».

SEGUNDO ALQUILER

Los vagos recuerdos que me quedan en los labios y mente ahora son las últimas palabras de la doña: «La divina comedia es hermosa en todo sentido, espero que entre sus cosas traiga algo con tanta belleza como mi libro... Y no haga ruido; aquí amamos la serenidad».

Las múltiples dudas que tengo se carcomerán mi mente, pero por el momento debo descansar. La falta de sueño inunda la barca de mi carga y la culpa desea escapar; sin importar forma, ya no soportan estar en mí. Mientras vive la llama de la vela, mis manos empiezan la danza del habla perpetua en papel. Aunque no tendré respuesta —lo sé—, la carta partirá de este extraño lugar:

> «Para mi madre:
> Sé que nunca podré disculparme por el pesar de mis palabras y actos, pero espero puedas leer esta misiva.
>
> Luego de mi atareado viaje por la selva, logré conseguir algunas monedas y, poco a poco, tengo el dinero para largarme de este miserable país. He caminado por todo lugar, conociendo a todo tipo de gente, trabajando de todo y en todo. El cielo sigue siendo gris y sé que aún nada cambia. Ahora estoy en un pueblo cuyo nombre te parecerá gracioso, pero seguro nunca han venido aquí. Aún menos, el viejo no.
>
> Mis hermanos y primos deben haber crecido, lamento que la última carta haya sido para el cumpleaños del viejo, ni siquiera estoy seguro de que la hayan recibido, pero aun así,...

Las palabras *los quiero* desea salir de mi manos, pero nunca sucede.

> ...confío, estén todos bien. Mando un poco de dinero y unas monedas extrañas que me dieron en este lugar, espero encontrar algún tipo de cambio por aquí; sin embargo, no he podido buscar ninguno aún.

Antes de despedirme, tal vez pueda alegrarte saber que tanta insistencia en leer no fue para nada. Tengo un libro de cuentos, y en este pueblo parece que aman leer, pues tienen hasta una hora para hacerlo.
Sin más que agregar. Muchos abrazos a la distancia.
L. M. C.
Miga — 1986»

El sonido de mi barriga se abre paso entre el solemne silencio de mi cuarto, el hambre ha llegado para nunca más irse, pero… desde hace veinte minutos no siento ruido alguno en las calles. La duda cae como lluvia densa en mi rostro una vez más, ¿es la hora de leer? Recuerdo ligeramente en casa y escuela los gritos paralelos de mi madre y profesora para abrir un libro, pero despierto tras unas campanas que azotan todo el pueblo. El estómago me ruge cada vez más inclemente y un cierto dolor empieza a punzar mi cuerpo, llevo casi dos días sin comer para comprar los estúpidos pasajes que me alejen de aquí, de este pueblo donde, por darle plazo a la lectura, debo privarme de llevar algo a la boca, ¿acaso ellos entenderán mi situación?

Llave en mano me dispongo a salir, pero el rostro del anciano vecino regresa con una advertencia parpadeante, mientras descubre una cadena en mi cuello. Suspiro y recuerdo que soy creyente en la medida de todo lo que he vivido, no me considero alguien fuertemente teológico ni espiritual; soy alguien normal que vive tratando de ser bueno y de amar (aún menos cada vez que me equivoque), no obstante, no es lugar grato ni seguro para ostentar la cadena plateada de mi madre. Por ahora, mis bolsillos serán el mejor escondite. Un reloj viejo y polvoriento marca el tiempo: tan solo han pasado veinticinco minutos.

Mi estómago empieza a retorcerse y el agua ya no es una alternativa que pueda calmar sus pedidos. ¡Pero claro! ¿y si salgo a la calle con mi libro mientras busco un lugar dónde comer?

Camisas, pantalones y demás ropa sale disparada sobre la cama; ¡lo tengo! Tras de mí, el leve sonido de la puerta destartalada que se cierra. Los rostros de bienvenida llegan tarde a sus ventanas, le digo hasta luego al triángulo de descanso y parto con rumbo a la calle.

En la corredera, el libro se abre y cual perfecta coartada, la primera línea recorre mis ojos…

«Había una vez un profeta que caminaba perdido entre sus pensamientos, hasta que encontró un lago...»

El relato trata de un hombre que, pese a ser muy sabio, busca en su interior un sentido para su vida, el cual encuentra en seres de sabiduría simple y natural; es una virtuosa felicidad que falta en su alma.

Mis pasos recorren la acera con cierto temor, como el canto de una sirena en altamar que atrae a los marineros a su plácida muerte en el lecho oceánico. La breve calma de conversar imaginariamente con el autor del cuento me tranquiliza, me ancla a pensar que estoy en un lugar diferente. Las calles son angostas. Cual penitente, al levantar la cabeza del libro logro ver que la avenida donde resido es recta —Si me preguntaran, diría que esta calle divide el pueblo en dos—. La ruta se construyó con piedras redondas para remarcar el camino. Las casas contiguas a la quinta son de estilos raros: pequeñas en la base, pero grandes en los pisos superiores, sin contar que todas tiene un gran balcón salido a la calle. Sin duda, todas.

Mi apetito interrumpe mis observaciones, la lectura de minutos atrás se ha desvanecido, mi musa del mar se ha ido. Las puertas están cerradas en casi su totalidad, salvo por una que está a pocos metros. Un sonido extraño aparece. Madera apolillada y destartalada rechina. Daría parte de mi vida apostando que es uno de los balcones entreabriéndose. El sonido se detiene; sea quien sea, solo me mira desde una pequeña abertura de uno de estos balcones.

Cierto, cierto. Con rapidez abro el libro y vuelvo a sumergirme en él, aunque en el fondo, no sea en su totalidad. Sin notar la distancia al andar, la puerta iluminada está frente a mí. Una desbordante armonía intenta entrar en mi consciencia al ver un gran letrero poco iluminado que dice: «Tienda Ugaz», pero el sonido de la madera sigue ahí.

—Eres nuevo, ¿verdad? —Una voz susurrante, salida de la nada, ahoga toda acción en mi cuerpo. Faltan 10 minutos. Reanuda sin dejar tiempo a mi respuesta—. Me gustaría ver tu libro, pero ahora solo debo terminar el mío —acaba sin decir más.

No hay duda, proviene del interior de la tienda. Agudizo el oído y logro escuchar algunas palabras de mi antiguo locutor:

«Volcó Gretel su delantal... se acabaron las penas... se ha acabado», seguido de un breve silencio y algunas palabras poco claras: *«He nacido para servirte y..., oh amado... permíteme leerte».*

Sin sonidos de grillos ni alguna ave por descansar en su nido, las campanas redoblan avisando el final de la hora de leer.

Un poco de galletas, algo de leche y parte de mi bolsita de dinero se fue enseguida. En la calle, el camino cobró vida después del sonido de los grandes llamadores. La gente en la calle conversa, ancianos y niños, cada uno en su mundo. Parece que todo es normal, pero la gente de Miga… en su mirada se descubre que carecen de toda luz de alegría. Tienen serenidad, no lo niego, pero sus ojos afligen nostalgia profunda.

El aroma del petróleo bañado en el portón llega a mis sentidos, he llegado a la entrada de la quinta. Pero antes de penetrar en la estancia me asalta una duda imperante. Al levantar la cabeza puedo verlo, en efecto: encima de la entrada yace un viejo y oxidado balcón.

Las miradas no me atormentan tanto como al inicio pues puedo ver a qué rostros pertenecen. Hay tres ancianos (incluyendo a *don* Ignacio) de contextura baja y ropas desgastadas; una señorita de vestido largo y trenzas quien, si calculo bien, no superará los veinte; y una pareja de esposos, de alrededor de los cuarenta años, pero el hombre en aspecto evidentemente más acabado por los años —o los vicios—. Y en el cuarto, al costado del portón, la anciana que va simulando barrer, aunque realmente espía sin pausa mi procedencia.

La puerta se cierra a mis espaldas, estoy otra vez en mi cuarto. Con cada sorbo y mordiscos las recientes memorias empiezan a pasar por delante de mis ojos.

—Eres nuevo, ¿verdad? —La voz deja el estado susurrante para entonar una tonalidad femenina, y entre las sombras que provoca la luz amarillenta emerge una señorita de aspecto delgado, ojos achinados y un largo pelo negro algo descuidado.

—Sí —replico más tranquilo al verla, pero las dudas a veces pueden más que el hambre y trato de controlar la caterva de preguntas—. Hola, ¿qué acaba de pasar?

—Es el mejor intento para abordar los misterios que se han armado en mi mente—. Y discúlpame, pero ¿quién eres tú? —Y así termino de manera atolondrada parte de mis preguntas.

La joven lleva las manos sobre el mentón y replica:

—Soy Sofía Ugaz, hija del único comerciante de Miga.

Me percato que, al acercarse a la iluminación, entre sus manos, hay un libro de pasta verde. Ella continúa:

—Si no eres de este lugar te recomendaría que al amanecer te vayas.

Me inclino un poco para responder rápidamente, pero la joven prosigue:

—Pero si vas a vivir aquí, primero debes saber que los foráneos no son bienvenidos en este lugar. Eso que acabas de escuchar es la campanada para la hora de leer.

Sabiendo que la pregunta podría causarme incomodidad, replico sin rechistar:

—¿Pero de qué se trata la hora de leer?

La mueca burlona que brota en su rostro me desagrada.

—¿Acaso no sabes lo que es leer? Lo dudo, porque tienes en manos un libro. Pero entiendo tu curiosidad, por eso la pregunta correcta es: «¿por qué tenemos una hora para leer en todo el pueblo?»

Las luces de afuera comienzan a apagarse, es hora de descansar. El catre del cuarto me acoge en un abrir y cerrar de ojos. Mientras miro el techo, aun veo el rostro de Sofía.

—Si deseas saber un poco más, te invito mañana al Gran Palacio Municipal, allí podrás entender varias cosas.

Justo cuando estoy a punto de responder tal invitación, una voz gruesa y algo vidriosa llama en el interior:

—¡Sofía, muchacha del demonio ven a ayudar a tu madre!

Y así como aparecieron, los ojos taciturnos volvieron a las tinieblas de aquel lugar. El ajetreo de este día machaca y atiborra todo el cansancio sobre mi cuerpo, pero me siento libre de cerrar los ojos, y seguro por la tranca improvisada que coloqué en la entrada de la puerta del cuarto.

Los ojos se me empiezan a entrecerrar por el sueño. Sin hambre, pero con varias dudas a flor de piel, ahora agrego una más: no hay insectos, arañas o ratones. Si no fuera por los pobladores, juraría que el lugar está abandonado de toda forma de vida.

QUINTO ALQUILER

Por increíble que suene, la noche fue apaciguada por el silencio y el viento. Al salir del cuarto, noto un ligero silbido cerca de mí, deseo pensar que es el viento dándome los buenos días. Otra vez, la calle está totalmente vacía. Sin embargo, es hora de emprender la travesía para localizar un lugar donde trabajar. El sabor de las galletas se empieza a disipar en mi boca a medida que pasa la mañana. En mi cabeza, empieza a vagar la idea de ir al Gran Palacio Municipal, pero ¿dónde queda ese lugar?

De pronto, como la fractura de una ventana que empieza a expandirse más y más, a la distancia logro divisar algunos niños (adolescentes según su tamaño) que empiezan a correr en mi dirección. No hay duda, sus ojos están impregnados a mi figura. Aprieto los puños y estoy listo para lo que tenga que pasar. En las breves fracciones de segundos antes de la inevitable colisión, es muy llamativo ver que ninguno vocifera palabras o gritos. Tan solo no me dejan de mirar. Los más pequeños se posicionan a mis espaldas, los de altura mediana a los costados y finalmente, los más altos se sitúan delante de mí.

Haciendo giros leves intento dominar la situación:

—Niños, buenos días. ¿En qué puedo ayudarles?

Los giros de cuerpo brindan frutos, uno de los medianos da un paso al frente y pregunta:

—¿Qué has leído? —Y, como si fuera una pauta de coro, los demás empiezan a hacer la misma interrogación—: ¿Qué has leído? ¿Qué has leído? ¿Qué has leído? ¿Qué has leído? ¿Qué has leído?

La escena empieza a perturbarme, parecen estatuas obscenas, como esos autómatas que traen en los circos, con la enorme diferencia de que los coloridos y alegres ojos son ahora ojeras grandes y ojos inyectados de sangre por los rabillos. Me sobrepongo, intento responder, pero ha llegado la hora de pagar con creces mis descuidos como lector, solo recuerdo parte del título: *El Profeta*.

Las voces poco a poco empiezan a juntar su tonalidad en una sola: «¿Qué has leído?», sin olvidar decir que han levantado un brazo, una mano y un dedo para apuntarme.

—El Profeta —menciono con la intención de calmar sus voces, mandando al abismo el esfuerzo del autor al nombrar tan bello relato. Pero tengo frutos de raíces cortas. Los niños se miran entre ellos, como buscando explicaciones. Entre mis dientes, con voz apagada deslizo la pregunta—: ¿Por qué hacen esto?

—Servirá

—Debe servir si está escrito

—Seguro buscó bien

Las seis personitas empiezan a hablar entre ellos, ignorándome. La altura y mis condiciones físicas me brindan algo de seguridad, la incertidumbre y el miedo poco a poco se van, y avanzo en medio de ellos, quienes siguen conversando entre sí, pero al dar un par de pasos escucho una pregunta que me congela en el lugar:

—¿Y si nos está mintiendo?

Giro levemente y su formación circular se ha roto, ahora me miran en un semicírculo, el más pequeño de ellos repite:

—¿Y si nos está mintiendo?

Su coro de voces está a punto de comenzar a cantar, pero el más alto —es incompresible— responde la incógnita antes que yo, mientras rompe en llanto:

—No, lo vi leer, con estos ojos que reventarán los cuervos el día de mi muerte desde mi panal; leyó bajando la mirada hasta que se puso a conversar con la cerda.

Entonces el llanto quiebra al muchacho y junto con él, el relato de anoche. Las miradas dedicadas a mí se trasladan a nuestro joven narrador, que cae al suelo de rodillas. El más pequeño profiere:

—¿Tuvo el libro hasta el fin de la hora?

El coro renace, pero ahora con una voz menos que yace en el suelo devastada en llanto:

—¿Tuvo el libro hasta el fin de la hora? ¿Tuvo el libro hasta el fin de la hora? ¿Tuvo el libro hasta el fin de la hora? ¿Tuvo el libro hasta el fin de la hora?

Paso a paso, empiezo a retroceder, pero sin dejar de ver lo que iba a pasar, cuando de repente, entre los sollozos, la locura emerge. El más pequeño dice en voz alta:

—Las únicas defensas que sean buenas, ciertas y durables, son las que depende de ti mismo.

Sin terminar las palabras los otros cuatro niños se abalanzan sobre el caído empezándolo a golpear; mientras, el más pequeño sigue hablando, moviendo los brazos como si estuviera recitando un poema. Los llantos del niño que es masacrado a golpes se hacen más notorios y dramáticos. Pero no profiere lamentos o súplicas, solo llora; se limita a llorar —Soy duro de corazón, pero el actuar era tan errático como cobarde, créanme que quise intervenir, pero no pude—.

—Son muy humildes en la mala fortuna —sigue el más pequeño de forma imperturbable mientras camina en círculos alrededor de la golpiza.

Un palo o una varilla, poco a poco la idea de intervenir se hace clara, sonidos crujientes empiezan a llegar, el llanto se tapa el rostro con las manos.

—¡Basta! —Entre enojo y miedo brota mi voz.

Los niños se detienen y el más pequeño que está de espaldas a mí, gira bajando los brazos.

—¿Acaso te atreves a interrumpir? —cuestiona mientras se acerca lentamente.

Nunca golpeé a un niño, aunque estoy seguro de que estas personas no lo son. Pero de forma tan imprevista, un sonido totalmente fuera de control llena la calle: son campanas, esta vez tocadas de manera desesperada.

Los cuatro niños se miran entre ellos y rápidamente recogen al amigo postrado en el suelo. El más pequeño pierde toda seguridad frente a mí y sale corriendo sin decir palabra alguna; detrás de él, el resto de los niños también corren.

Las campanas provienen de la derecha de la calle, dirección a la que corren los niños, dirección a donde iré. Este lugar no es normal, una vez vi ese rostro, no tengo duda. En la cara del más pequeño, se ha dibujado el miedo.

Los llantos de mi madre no cesaban, mientras que los puñetazos del viejo partían la madera. En el techo, colgando de una viga de madera, descansaba el cadáver de lo que una vez fue mi hermano mayor. El espejo del armario del viejo ayudó a ver mi realidad, mi miedo. Tuve la fortuna de encontrarlo primero, y hoy, hace unos minutos acabo de volver a ver mi rostro de niño en otra persona.

El pueblo está vacío y ni siquiera la tienda está abierta. Han pasado unos minutos desde que las campanas cesaron de sonar, sea cansancio o fin del apuro, pero el campanario dejó de sonar. Muchas cosas cobran y pierden sentido con un descubrimiento. Hay un cartel colocado en madera, donde se puede ver el mapa de la ciudad. En efecto, este lugar no tiene plaza o lugar céntrico; es una gran calle que cruza todo el pueblo, con pasajes a los costados. Sin embargo, situado al final de la gran calle se indica un lugar distinto: «Gran Palacio Municipal de Miga».

Según el mapa me encuentro a pocos metros de ese lugar. Intento seguir el ritmo de los niños, quienes llevan una persona en hombros, pero desaparecen de la vista entre algunos pasajes oscuros.

Sigo la calle principal del pueblo, percatándome de que nunca he salido de ella, camino más aprisa y llego al final de pueblo. Pastizales y árboles delimitan la ciudad y el campo. Pese a ello, hay un pequeño camino marcado por la muerte, el pasto seco de una vía desolada. En mi interior, algo me pide que no vaya —¿instinto o miedo?—, pero no importa, todo da igual para mí, cuando ante mi andar aparece una gran edificación de madera y metal.

El pueblo entero está aquí, los árboles —aliados míos— me ayudan, haciendo que las personas no se percaten de mi llegada. Todos están sentados en el pasto mirando fijamente en dirección al prominente balcón de madera y metal de la edificación.

La gente empieza a murmurar, cuando un grito rompe toda charla naciente del lugar, y de la puerta del balcón aparece un viejo. Lo he visto antes, era uno de los ancianos que conversaban con *don* Ignacio.

—¡Silencio, mis niños! —exclama levantado una mano y abriendo un libro con otra—. Mi panal está listo, así que todos miren sus libros y repitan:

> *«El niño sonriente no vive en el abismo,*
> *he nacido para servirte,*
> *oh amado Escritor.*
> *Permíteme leerte y recordar tus consejos.*
> *El fuego es el inicio y las palabras el final.*
> *Que el texto primigenio sea piadoso con nosotros»*

El silencio es perpetuo, nadie habla. Sectarios o algo así, no entiendo cómo he llegado a un lugar así. A veces los pies son tan ciegos que necesitan ojos ajenos.

He perdido un poco de dinero aquí, y es triste, pero si no me largo de este pueblo siento que no será lo único que perderé. Mi curiosidad está satisfecha, es mejor dejar a estos locos con sus locuras. Pero como un rayo que cae del cielo, mis ojos atestiguan un acto que raya todo sentido común viviente en mi interior.

El anciano se apoya en la baranda del balcón y el libro cae, ante el asombro que recorre a la gente. La bulla retoma su lugar en este momento —y hubiera preferido que se quedará así—. El hombre súbitamente empieza a gritar, a vociferar con locura, tratando de controlarse con sus manos, pero sin éxito. Empieza a... ¿arder? Sí, el hombre en pocos segundos se prende en fuego de manera ilógica, su ropa no aparenta quemarse, tan solo su cuerpo empieza a arder en una combustión que parece eterna.

La gente apacible y callada cae en la misma espiral de gritos y llantos al ver al anciano, quien corre en los pocos pasos que le brinda el balcón. El viejo mira al cielo y exclama:

—¡¿Cómo entraste aquí?!

Se carboniza en vida poco a poco, mientras el pueblo incrédulo se reúne debajo del balcón.

Me escondo de la mejor forma posible para seguir viendo, pues no tiene sentido. Me toca clamar en mi mente: «¡Señor, sé que fui un mal hijo, pero ¿por qué traerme a un lugar tan alejado de tus manos?!», mientras el morbo no deja de hurgar por mis ojos el dantesco espectáculo.

Casi quemado en su totalidad, el anciano cae en manos de la gente, muerto sin duda. La gente se arrodilla y llora desconsoladamente, otros conversan, pero nadie se mueve de la escena, incluyéndome. Somos gárgolas mirando el vacío. Sin embargo, una nueva figura aparece en el balcón, una figura conocida: *don* Ignacio empieza a hablar:

—Ha iniciado, mis amigos, *doña* Mirtha ha dejado entrar a la muerte en nuestro hogar.

La gente voltea a mirar a la anciana que yace de rodillas frente al carbonizado ser y exclama:

—¡Amaba a este hombre... y el segundo círculo me espera con alegría!, ¡háganlo por favor!

Segundos pasan y mi antigua guía es molida en manos de la turba. Los lamentos amorosos de la mujer son intercambiados por gritos de dolor cuando los niños que estuve a punto de enfrentar empiezan a sacarle los ojos a la anciana. Es

138

masacrada sin piedad ni clemencia. El viento cambia de dirección y percibo una respiración ajena. Mi cuerpo se congela. ¡Dios mío! Hay alguien detrás de mí.

SÉPTIMO ALQUILER

—Si te pones de pie, te pasará lo mismo que a la anciana.

Reconozco la voz claramente, aunque luego de todo lo que he visto, no sé si deba alegrarme o entrar en pánico; es Sofía.

—Debemos irnos antes que empiecen a buscarte.

Al girar, veo a la joven con una mochila pequeña a sus espaldas y un bastón. Algo en mí me susurra que no hay tiempo para dudar y acompañándola, comienzo a caminar. Pienso por un momento que, si debo pagar las consecuencias por mi andar confiado, las aceptaré. El camino por el que vamos es muy oscuro, tropiezo y caigo un par de veces, recibiendo las reprimendas de mi novísima guía por hacer ruido.

—¿Qué diablos pasa acá? —La cordialidad del diálogo vale tan poco ahora, que pregunto sin titubear.

—Justo eso, un diablo o demonio. Un ser del espacio. Un dios antiguo. Créeme que, si supiera decirte lo que nos aflige, te lo diría, pero ni siquiera mi padre, abuelo o anteriores a ellos sabían con claridad. Pero te diré lo que nos enseñan desde niños:

> Cuando llegaron los primeros hombres a estas tierras, el viento empezó a soplar de gozo. Las plantas empezaron a danzar y el agua brilló sin más, pero el hombre tiene una gran maldad sin razón, y despreció todo aquello; dejó morir las plantas, y con ello, dejó que el viento perdiera su silbido. Al final profanó el brillo del agua.
>
> Entonces, del cielo cayó una estrella grande y hermosa. El agua fue su cuna, el viento su abrigo y las pocas plantas sus amigas. Fue tanta su felicidad que la estrella le quitó la sonrisa a los hombres y se las dio a sus amigas y protectoras…

—No entiendo de qué hablas —respondo después de razonar lo escuchado. Por un momento me detengo en algo que recién me percato. Pregunto inmediatamente:

— ¿No pueden reír?

—He leído varias veces esa palabra, incluso en los diccionarios que trae mi padre, pero no entiendo su significado. Alegría y placer… movimientos de boca… ¿No es hablar más fuerte o alzando la voz?

—No —respondo sorprendido, recordando que desde mi llegada a este pueblo no he visto a nadie reírse o tener un semblante alegre— Sonreír es hacer expresión cuando estás muy feliz.

Intento hacer una sonrisa, pero mi boca no responde al movimiento, siento que se paraliza cuando busco tener esa expresión común. La joven espera impaciente ver el acto de sonreír, pero no lo logro, hago el intento de hacerla con mis manos forzando mi rostro. Sin embargo, la mueca que consigo está lejos de expresar alegría.

—No comprendo qué me pasa —respondo algo desesperado.

—Tampoco yo. Tengo veintiún años y desde niña todas las personas del pueblo nos obligan a leer y a hablar de lo que leemos. Como hoy, cuando llega el fin de semana y para comenzar una nueva, nos reunimos frente al Gran Palacio Municipal para escuchar y leer nuestros libros, sin importar quién los escribió. El *viejo hermano* siempre da las palabras y recitamos ese extraño poema. Eso es todo.

Por mi mente, surca un pensamiento de desesperanza por no poder realizar aquel gesto, martilla el recuerdo de esa parte de su relato: «la estrella les quitó la sonrisa a los hombres». Miro a mi acompañante y le pido que siga con la narración.

—¿Pero es algo estúpido no? —infiere ella.

Negando con la cabeza, entiende al verme que deseo saberlo. Quiero saber todo.

> …Entonces los hombres furiosos ocuparon el lugar de la alegría con sabiduría y rencor, y con ello trataron de enseñarle a la estrella que ellos también podían brillar. Pero el rencor de los hombres fue muy grande e iba creciendo, llenando con oscuridad toda la tierra hasta que separó a la estrella de sus amigos.
>
> Así, el viento, las plantas y el agua juraron que irían a rescatarla, aunque tristemente los hombres acabaron con ellos. La estrella cansada de ver a los hombres creyéndose superiores por su sabiduría, se convirtió en hombre y los engañó. Tomó del fuego de su corazón y escribió un poema tan hermoso que ningún sabio pudo imaginar; luego partió al cielo. Los hombres viendo el error en sus manos, juraron siempre traer paz al pueblo hasta poder ser dignos de leer tan hermoso poema.

—¿Dónde está? —interrogo de forma inmediata con incredulidad.

—¿Qué cosa? —responde la joven.

—El poema, ¿dónde está ese poema? —apremio mirándola a los ojos.

—Como pude decirte al inicio, es algo que nos enseñan de niños. Y no importa ahora, el pueblo está buscándote para matarte porque creen que tienes la culpa. Y yo también creo eso.

Su respuesta me deja confundido.

—¿Entonces, yo tengo la culpa? Y si es así ¿por qué me ayudas?

—El libro que tienes, nunca había visto uno así, en este lugar solo mi padre puede salir pues es el comerciante del pueblo. Dentro de mí, algo me dice que tú

puedes llevarme al lugar donde encuentre libros iguales a ese. Libros lejos de aquí.
—concluye, mirando al vacío.

—Entonces, es momento de irnos. Sin embargo, tenemos un gran problema, solo tengo parte del dinero que nos puede sacar de acá, el resto está en mi maleta —respondo con desolación.

Es imposible que regreses al pueblo, es obvio que donde vives será el primer lugar donde te busquen y esperen —señala la joven apuntando con su bastón el pueblo.

Los planes de salir del país se esfuman con el viento, pero nada importa ahora. Sigo a mi joven guía, que va haciendo consultas consigo misma para saber la situación. Estamos a tres días de camino del siguiente pueblo, con poca comida que robamos de la tienda, y solo una tela para cubrirnos. Todo esto resulta menor al recordar el gran lago que debemos cruzar. Es imposible y ambos lo sabemos.

Sin embargo, una idea invade mi mente. Es mortal en todo punto de vista, pero…

—Sofía, ¿tu padre usa un vehículo para llevar mercancía?

OCTAVO ALQUILER

El pueblo parece calmado, pero en alerta. La noche caerá en breve y será nuestro momento. Con el tiempo, me he encariñado con la muchacha. No percibo rencor en ella. Parece que este maldito pueblo no la ha enloquecido, no aún.

Las pocas luces de las velas de mi guía se van acabando, el hambre agudiza cada paso, haciéndolo tan punzante como un alfiler en medio del iris. Me encantaría escribirle a mi madre, pues siento que pasará poco y mucho a la vez, pero los bolsillos de la muchacha están vacíos. La oscuridad recorre los árboles, desconozco sus tipos… si tan solo se pudiera morder un poco y callar al monstro hambriento que ruge en mi interior.

El tiempo de pensar ha acabado, es hora de caminar. Nos preparamos brevemente y empezamos la jornada. Entre los árboles y el sonido lejano del viento, llegamos a pasajes destruidos. Mi curiosidad despierta y mi guía mencionan que fueron habitados por personas que vinieron a buscar oportunidades para salir adelante en el pueblo. Personas como yo.

Las casas están quemadas y llenas de piedras, esqueletos yacen en su interior. Pobre gente. Caminamos lentamente con el silencio de la tragedia a nuestras espaldas. Sorpresivamente, al entrar a la gran calle principal pudimos presenciar una imagen dantesca: mujeres, hombres, ancianos y niños salen a sus balcones. Libros en mano empiezan a hablar en voz alta, algunos incluso a gritar. Todos con los ojos vendados, sin llegar a detectarnos. Desconocen nuestra presencia. La fortuna nos sonríe por primera vez, aunque no sea en mi rostro. De la mano por la gran calle, pasamos. Sobre nuestras cabezas los grandes de la literatura se escuchaban. Desde el infierno hasta París, desde traiciones hasta regalos, desde actos lujuriosos hasta la búsqueda de paz mental. El bullicio es insoportable, pero ante el riesgo cercano de perder la vida es como la armonía del cantar de un ave en su nido. Saltamos un mostrador, ya que usar la puerta llevaría problemas, mi guía trata de contener el llanto, porque su madre, padre y abuela cantan en coro los cuentos de los *Grimm*. Sería la última vez que los vería, así que por pudor espero unos instantes. Sin embargo, el corazón a veces nos traiciona y lamento decir que lo hace con Sofía. Tan solo basta un adiós susurrado para que la anciana del hogar rompa en histeria.

—¡La cerda!

Al grito le sigue el silencio, y las vendas caen. Su familia nos mira frente a frente. Su madre llora y su padre lleno de furia maldice. La anciana imperturbable sigue gritando y, a las afueras, desde la calle principal empieza a sonar el murmullo de la gente. Forcejeo con renovada furia y lucho lo que puedo, pero su padre me la arrebata de los brazos. —Nunca olvidaré los ojos de Sofía suplicándome perdón—. Quebrando todo código de amor que conozco, el hombre arroja a su hija desde un balcón a la gente. Los gritos de la pequeña son opacados por los golpes e insultos. La masacran.

La paz se ha roto. Lleno de furia arremeto contra el padre. Cinturón de cuero, llave con destapador; solo me cuesta un par de golpes y puedo doblegarlo. Lamento decir que mis manos se manchan. En medio de la pelea y la trifulca, la anciana intenta defender a su hijo, pero perdiendo el equilibrio, cae al igual que Sofía, y tiene el mismo fin. Los llantos de la madre se vuelven maldiciones mientras intenta reanimar a su esposo. Me cuesta un poco recomponerme, pero la suerte viene como la delicada voz de Sofía, segunda puerta bajando las gradas de la izquierda. Corro con desesperación, con dolor y llanto. El auto es grande y al arrancar arremeto contra la puerta de madera y calamina. No sé cuánta gente atropello, pero logro salir a la calle y abrirme paso. Los lamentos y gritos se confunden con mis latidos, fuertes y mortales.

—La forma más rápida de llegar a la carretera es por el Gran Palacio.

La voz de Sofía se desvanece entre mis lágrimas.

—Intentaré no fallarte, lo lamento…, lo lamento…, lo…

El auto parte hacia ese lugar, pero el viento ha dejado de silbar.

Odio este pueblo, con todo lo que significa mi vida. Malditos o no, estoy seguro de que nunca debieron existir.

Una llanta del auto se pincha en una de las trampas que han puesto. Los subestimo, son muy inteligentes. Las luces parpadeantes en el campo me indican que es arriesgado cruzar caminando. No tengo alternativas, debo esconderme y aprovechar la menor distracción para huir.

Después de lo acontecido con el *viejo hermano*, los alrededores del Gran Palacio Municipal parecen abandonados. No hay mejor lugar para esconderme. Escritos en las paredes me dan contexto de ello, pero es hora de ocultarse. Rápidamente puedo entender un poco. Se construyó sobre algo que consideran sagrado, es un salón amplio, en medio del recinto solo hay una mesa, y un tipo de cartera de cuero. ¿Será… será este el lugar donde cayó la estrella?

¿Y si fuera verdad? ¿Y si de verdad las cosas que no comprendemos tienen vida inteligente; el agua, las plantas, el viento, los astros…? ¿qué tal si pudieran sentir?

Significaría que… ¡Oh, Sofía!, lamento tanto todo… confiaste en mí, como lo hizo mi hermano, y al final el no creer en ustedes los condujo a su muerte. Mis lágrimas surcan mis recuerdos y remueven mi desdicha. Perdóname, Sofía.

Las personas, si así es posible llamarlas, se acercan y buscan en los alrededores, mientras espero mi final. Al pasar los minutos, un vacío en mi estómago me regala paz e incertidumbre, pero no comprendo por qué no entran. El Gran Palacio, desde que pude verlo, siempre tuvo la entrada abierta de par en par. ¿Qué hay aquí?

El piso es de mármol y tiene dibujos en él, la formas que se grafican son parecidas a las celdas de los panales de abeja. Hasta la entrada, todo es de piedra, pero… ¿Panal?, escuché eso en algún otro lugar, aunque no recuerdo dónde.

De pronto, ante la entrada aparece una figura conocida: *don* Ignacio, el miserable anciano que condenó a la anciana de la quinta. A la distancia, diviso que trae algunos objetos en las manos. Sin duda, es mi maleta y mi libro.

Pero la respuesta no hace esperar: *don* Ignacio da la espalda y agrupa a la gente.

—Subiré al gran panal para poder enseñarles a todos, la inmundicia del mundo de afuera.

Observo cómo el anciano recorre por un costado sin pisar en ningún momento el piso marmolado del palacio. Y sube por unas escaleras de madera.

—Amigos míos, la cerda de los Ugaz ha sido culpable también de todos los sucesos. Tenemos las cosas del individuo y acabaremos con su estirpe. Creemos que ha escapado y estaría en camino hacia el Gran Ayuntamiento. Es hora de elegir a un nuevo *Lector*, aquel que será digno de entrar en el ojo del Escritor sin que ardan sus entrañas por el fuego de su corazón y podrá tomar el poem…

La muchedumbre enloquece ante el desconcierto del anciano, sus dedos, como los niños del pueblo señalan a sus espaldas. En medio del salón marmolado me encuentro de pie. Ahora comprendo, temen a este lugar y temen a lo que se encuentra dentro de la cartera de cuero.Las gritos e improperios son remplazados por súplicas y sollozos, pero hago caso omiso, cartera en mano. El escrito está enrollado en forma de pergamino. A medida que avanzo, intento desatarlo. El anciano Ignacio está frío de pavor viéndome, mientras la gente empieza a retroceder sin perderme de vista. En mi vida, nunca había sentido tanto poder en mis manos.

«Sofía, tal vez no pude sacarte de este lugar, pero intentaré cambiar las cosas», mis pensamientos se tranquilizan.

—¡Pueblo de Miga!

La gente empieza a escapar, algunas personas intentan ir contra mí, corriendo a toda velocidad.

La lengua que expresa mi boca nunca se escuchó en lugar existente o en tiempo alguno. Ni siquiera yo comprendo lo que hablé, pero el escrito me obliga a seguir leyendo.

A mi espalda, siento como el anciano cae del balcón, estampándose en el suelo. Mis ojos se nublan, pero sigo leyendo, no sé cómo, pero no necesito ver para leer.

La gente que intenta atraparme se detiene de golpe y pierden la mirada. Las pocas personas que logran correr lejos yacen tendidas en el suelo, inmóviles.

Mi lengua se traba y mis dientes empiezan a hacerla pedazos. La sangre entra por mi garganta, pero no paro de leer. Con lo poco que me queda de vida, logro ver a mi madre y mi viejo conociendo a Sofía. Caigo de rodillas y un fuerte viento se lleva el escrito. El agua del lago se levanta y las plantas empiezan a moverse; lamento no poder ver lo que sigue. Por fin me callo, pero ciego y mudo, sé que ha llegado mi hora. La muerte se postra ante mí y la recibo como a una amiga. Caigo al suelo, pero todo esto, me produce algo de gracia «Ja, ja, ja… ¡oh, Sofía! ¡Cómo me gustaría que lo vieras! Ja, ja, ja…» pues acompañando mis últimas exhalaciones, escucho como todo el pueblo inerte, juntos en coro, comenzamos a reír.

……

A lo lejos, se reporta cómo la caída de un cerro ha sepultado al próspero pueblo de Miga, muchos autos y buses están varados en la carretera. Y entre los buses, una carta viaja dirigida a un joven, cuyas tres últimas palabras vociferan:

—¡Quítate la cadena!

ESCRITORES NOVELES EDITORIAL S.A.S.

info@escritoresnoveles.com

+57 3103384886

www.ingramcontent.com/pod-product-compliance
Lightning Source LLC
LaVergne TN
LVHW010533200726
843506LV00013B/2810